「おさけだよ～!!」
『お、おかわりです……』
飲み食いしているおじいさんの周りを
妹ちゃんとサクヤちゃんが
給仕をしながら走り回っている。

おじいさん
イリヤ
サクヤ
クルス
冒険開始!!

妹ちゃん
シュウ
みんなで

「儂達」
「俺達」
「あたしたち」
『『シリウス孤児院!!』』

VOL. 4
Author
安藤正樹
Illustration
イシバシヨウスケ
KOJIIN TAMER
孤児院テイマー

口絵・本文イラスト　イシバシヨウスケ

CONTENTS

★★★ an orphanage & a gifted tamer ★★★

第1章 港町孤児院

an orphanage & a gifted tamer ★★★

さて、新しい孤児院《こじいん》が出来て一昔前の物語なら「めでたしめでたし」と終わりそうなところだが、現実はそうはいかない。これからこの港町孤児院の新しい生活が始まるのだから。

とりあえず衣食住はなんとかなりそうなので、お次は仕事だ。港町にいる子供は年齢《ねんれい》も様々で、もう少しで15歳《さい》＝成人って子も何人もいる。それに新しく来る子もいる可能性があるので、今より増えるかもしれない。

仕事の他《ほか》にも出来上がったばかりであれなんだが、増築、または新しく孤児院を作らなければいけない。今回の孤児院を作っている時もそうだが、いまだに子供達《たち》が増え続けているからだ。ここが王都に近い港町ということで様々な国、他の大陸からたくさんの船がやって来るのだが、そこまで安全な船旅ではないので何隻《なんせき》かに一度は海難事故で孤児が出ているようだ。全《すべ》ての孤児がうちに来ているわけではないのだが、町の人たちにも有名になってしまい獣《けもの》族、獣人族の孤児がここに集まるようになっているのだ。

ただ、工作材料が尽《つ》きかけているので、竜《りゅう》の森で補充《ほじゅう》するまでは木工組は仕事が無いだろう。

後は海遊びの時に気づいたのだが、海が苦手な子がいるようで、そんな子はフレイの町に移った方がいいかもしれないので引《ひ》っ越《こ》しも考えたい。逆に、フレイの町の子供達も海に住みたいと言うかもしれないので、それも考えなくちゃ。というか、これは院長先生に相談かな?

それから仕事にも関係するのだが、子供達のレベル上げも必要だろう。フレイの町の子供達は基本的に十歳を目安におじいさんや冒険者組《ぼうけんしゃ》に鍛《きた》えてもらい、10レベルを目指す。もちろん冒険者になりたい子はその前から修行《しゅぎょう》を始めるし、職人になりたい子はそっちの練習をしだす。幸いなことに孤児院には様々な職業の子がいるから、選び放題だ。まぁ、みんな見様見真似《みようみまね》でやってるのが多いから、どこかで本格的な修行とかしたいところなのだが……。

なんにしても一度帰ろうという事になり、港町を出発。一緒《いっしょ》に来た冒険者組や生産組の一部は残っているのだが、なんやかやで人数はあまり変わらない。いや、港町の子達も少し連れて帰る事になったので、行きよりもむしろ人数は増えていた。逆に狼《おおかみ》達は残るし、海が気に入ったらしい子ウサギ達が離《はな》れたがらず、ミュウ達も今回は残ることになった。

「なぁ、これから港町と行き来するなら馬車を増やした方が良いんじゃないか？」

港町を出発して数日、旅をするにあたって少しずつ問題も発生していた。特に移動手段は深刻だ。俺《おれ》達や冒険者組は歩いても問題ないのだが、子供達はレベルも低いし長時間歩かせるわけにもいかない。それに乗る人が多ければ、馬車にそれほど荷物は載《の》せられないしね。

「でも、馬車を増やすなら、馬か狼を増やさないと無理じゃない？」

「クイーンなら喜んで仲間を増やしそうだけどな」

「でも、クイーン達にはまわりの警戒《けいかい》をお願いしたいからなぁ」

「やっぱり馬を増やした方が良いか？」

うちはステップホースかクイーン達が馬車を引いているが、やっぱりステップホースに引いてもらった方が安心か？　もしくは馬車を引ける新しい従魔《じゅうま》を見つけるのも一つの手かな？

どちらにしろステップホースはおじいさんに頼《たの》まないと従魔に出来ないから、あとで相談してみよう。

ただ一方で、逆に良いことも見つかった。

「アネゴ～」

「ボス～！」

途中《とちゆう》、獣人族達の隠《かく》れ里《ざと》に立ち寄ると、妹ちゃんは子供達に囲まれて揉《も》みくちゃにされた。初めて来た港町の子供達は獣族、獣人族だけの村に驚《おどろ》いていたが、隠れ里の皆《みな》は仲間意識が強く、すぐに仲良くしてくれた。

妹ちゃんが子供達と離れられなかったので、その日は里に泊《と》まったのだが、いつの間にか隠れ里の人達が港町の子供達を勧誘《かんゆう》？　していたみたいで、何人かからはここで暮らすのも良いなぁ、なんて声も耳にした。

里の人達も気に入ってくれたみたいだし、何人かは本当にここに移住するのもありかもしれない。最近ではビッグコッコやミルホーン達も増えてきたので、彼《かれ》らを隠れ里に貸すのも計画に入れてみようかな？

「帰ってきた～！」

「た～！」

いつもより人数が多かった為《ため》に速度が出ず長旅になってしまったが、ようやくフレイの町がある一帯に帰ってきた。といっても港町の子供達はギルド証等を持っていないので、まず目指したのは、おじいさんの家の方なのだが……。町に入るのにお金がかかるので、道中の町や村の中には入らず、近くで野宿していた。まぁ、従魔達がいるから元々入れないところばかりなんだけどね。

「おっ、帰ってきたのか」

「なんか、たくさんいるな」

「「ワンッ！」」

クルスくんと妹ちゃんが叫《さけ》んだ事で牧場で働く子供達やコボルト達、気配を感じ取ったのかビッグコッコやミルホーン達も俺達の所に集まってきた。

「すごいにゃ！　いっぱいいるにゃ！」

「モンスターもいっぱいにゃ」

港町の子供達は緊張《きんちょう》していたが、猫《ねこ》姉妹は興奮して走り回っていた。二人を見て緊張がほぐれたのか皆お互《たが》いに挨拶《あいさつ》をしあっていた。港町の子供達は当分ここで暮らすことになるから、早く打ち解けてほしい。

おばあさんとサクヤちゃんはここでお別れになるので、おじいさんへのお土産《みやげ》のお酒を渡《わた》しておく。かなりの量があるので飲みすぎないようにしてもらおう。というか、おじいさんはどこにいるんだ？

次はここで生産活動している子達に仕入れてきた品物を渡し、いよいよ俺達はフレイの町に帰る。港町の子供達は俺達がいなくなるのを不安に思っているみたいだが、妹ちゃん、クルスくん、イリヤちゃんで馴《な》れている皆ならきっと仲良くしてくれるだろう。

クイーンは港町の子供達を鍛える気満々でここに残るようだが、さすがに今日からだと可哀想《かわいそう》なので、特訓は明日からにするようにお願いしておいた。ここにはおじいさんの結界の他、寝《ね》る場所は家もテントもあるから、好きな所で寝るように言っておいた。そうすれば、少しは疲《つか》れも取れるだろう。


やがてフレイの町に戻《もど》り、相変わらず何故《なぜ》かいる門番に挨拶をした後、港町から付いてきた冒険者組、商人組達とは途中で別れ、ついに俺達は孤児院に帰ってきた。

「「「ただいま～」」」

帰りの道中は大人数だったが、孤児院に帰ったのはいつもの四人とぴーちゃん、子狼だけだった。

それでも孤児院の子供達は駆《か》け寄ってくれ、院長先生もシャルちゃんも優《やさ》しく出迎《でむか》えてくれた。クイーンや冒険者組がいるとはいえ、俺達はまだまだ子供だからね。

晩ごはんは海《うみ》の幸をふんだんに使った物となった。が、皆、喜んではいるのだが肉食の子が多いので物足りなさを感じるらしい子もそこそこいたようだ。そして、食事の最中、院長先生に港町の子供達がこっちにやって来た事を話した。将来の事を考えると早く動いた方が良いからだ。幸い、院長先生も納得《なっとく》してくれて、今後の事を一緒に考えてくれるとの事で大助かりだ。

ただ、残念な事にせっかく前向きに考えてもらえるというのに、お互いが会えないのが問題だった。港町の子供達はギルド証、身分証が無いので町に入れず、おじいさんの家がある竜の森で待っているからだ。ただ、お年寄りの院長先生は馬車を使ったとしても、竜の森へ行くのは大変だ。シャルちゃんだけならば会いにも行けるだろうが、なんとかして院長先生と港町の子達が直接会えるようにしたいところだ。

夜は屋台をやっている子達と話し合い。といっても仕入れてきた魚介類《ぎょかいるい》や干物《ひもの》をどうするかの相談だ。子供達が頑張《がんば》ってくれたのでそれなりの量があるため、なんとかして売り切らないといけない。まぁ、少し安い値で、屋台で調理したものを出せば自然と売れるだろう。

長旅で疲れが溜《た》まってはいるのだが、やることはたくさんあるので明日からもまた頑張ろう！


「今日は何するんだ？」

シャルちゃん達が作った海鮮《かいせん》スープの朝ごはんを食べ終えると、クルスくん、イリヤちゃん、妹ちゃんがやって来て、俺に聞いた。というか、一応聞いてはきたけど、本心では皆、竜の森に行きたそうにしてるのがバレバレである。

「本当は少し休みたいけど木でも伐《き》りに行こうか」

「なら準備してくるな！」

そう言うと三人は自分の部屋へと走っていった。俺も準備するために外へ出た。狼車を引かせる従魔達と支度《したく》をしていると、クルスくん達が来たので竜の森へ向けて出発する。

門にまたもや、いつもの門番がいたが気にしたら負けだ！

森に着くまで、俺は狼車で休ませてもらったが、クルスくんはやたらと走り回っていた。

さすがに元気すぎるだろう……。


「おはようだにゃ」

「にゃ！」

　おじいさんの家に着くと猫姉妹や港町の子供達が挨拶をしに来てくれた。多少は緊張もあったみたいだが、ぐっすり眠《ねむ》れたようで朝から牧場の手伝いをしていたそうだ。

「サクヤちゃん、おはよう！」

「……おはよう」

　サクヤちゃんとおばあさんとも挨拶をした。風龍《ふうりゅう》である二人に疲れは無いだろうが、今日は家でのんびりするらしい。サクヤちゃんは俺達と一緒に行きたそうにしていたが、おじいさんがいなかったのだろう。サクヤちゃんは俺達と一緒に行きたそうにしていたが、おじいさんがいなかったので今日は無理だ。というか、おじいさんは今日もいないのか？

　港町の子供達はクイーンや冒険者組が面倒《めんどう》を見てくれるというので、俺達はさっそく竜の森へ出発した。メンバーはいつもの四人にぴーちゃん、子狼達、ウッドモンキーにシャドウオウル、銀リスにポイズンスネーク、ブルータイガーと初期のメンバーだ。今までの狩《か》りは狼達ばかり一緒に行っていたけれど、今日は港町の子供達と一緒にクイーンに連れていかれるらしい。ブルータイガーは屋台の警備をしていたが、最近は狼達が増えたおかげで警備を交代する事が出来て、今日は一緒に出掛《でか》ける事が出来た。

「久しぶりだから楽しみだな」

「くだものいっぱいとるよ！」

今日はおじいさんがいないのであまり森の奥《おく》に行けないから、薬草や果物採取、木を伐ったり狩りを頑張りたい。

と、張り切っていたのだが結果は散々だった。薬草なんかは目ぼしいところのものはもう採られていたし、果物や木の実なんかも、採りやすいところに生《な》っているのはほとんど同じだった。ウッドモンキーや銀リス、ポイズンスネークのおかげで木のてっぺんの方に残っていたのが、かろうじて採れたくらいだ。おそらく冒険者組やコボルト達が原因だろう。長期間出掛けるつもりだったので、俺達の採取場所を教えて採取をしてもらおうとしていたのだが、予想以上にしっかり頑張ってしまったようだ。

「今日は全然採取出来ないな」

「そうね、皆頑張ってくれたみたいね」

「くだものぜんぜんない……」

俺達の狩り場は冒険者組やコボルト達でなんとかなるみたいだし、これからは別の場所を探した方がいいかもね。でも、まずは今日の予定だ。

「なら久しぶりにハチミツ取りに行こうか？」

ハチミツなら冒険者組は行かないし、旅をしていたのでそれなりに溜まっているだろう。

「そうね、子供達もハチミツ食べたがってるしね」

「はちみつ！」

俺の提案にイリヤちゃんと妹ちゃんは賛成のようで、これから向かうことになった。

俺達は花畑に行くまでに木を伐りながら進んだ。もちろん伐りすぎないように数本だけにした。

そして、花畑に着くとハニービー達は一生懸命《いっしょうけんめい》に蜜《みつ》を集めていたのだが、以前見たときよりもハニービー達の数が少ないような……？

「なぁ、なんか少なくねぇか？」

「そうね、前来た時はハニービーが多すぎて、蜜を集めるのも大変そうだったのにね」

結界のおかげで安全に行動出来るようになり順調過ぎるほどに数を増やしていたハニービー達。しかし、今は適度な数が、そこらを飛び回っている程度な気がする。原因は数が減ったからなんだろうけど、どういうことだ？

「おにいちゃん、はちさんどこいったの？」

う〜ん、考えられるのは結界から出ていった、だよね。それが巣立ちのようなことならいいが、モンスターにやられたなら説明に困るな。でも、ハニービー達はあまり悲しんだりしてないみたいだし、大丈夫《だいじょうぶ》だと思うんだけど……。まぁ、わからない事は聞けばいい。

ということで近くにいたハニービーにクイーンハニービーを呼んでもらった。

ハニービーとも簡単な意思疎通《そつう》は出来るのだが、込み入ったことはクイーンという上位種？　の方が話しやすいのだ。


（ブブブブブッ）

やって来たクイーンハニービーとさっそくお話。隣《となり》で妹ちゃんがうんうん頷《うなず》いてるけど言葉通じてないよね？

「つまり、師匠《ししょう》が新しい住処《すみか》を作ったってことか？」

「みたいだよ。おじいさんが、そこに新しいクイーンハニービーを何匹《なんびき》か連れてったみたい」

聞いてみると話は簡単だった。数が増えたから半分ほど引っ越しをしたらしい。少し離れた所に花畑があり、そこにも結界を張って新しい住処にしたようだ。おじいさんが、俺達が港町に行ってる間にやってくれたらしい。帰ってきてから会えなかったから俺達が知らないのも当然か。

「なぁ、そこに行ってみようぜ？」

そういう話を聞けば黙《だま》っていられないのがクルスくん。とはいえ俺も行ってみたいと思う。ハチミツを貰《もら》いに来るとき以外は自由にさせているのであまり自覚は無いが一応、ハニービー達も俺の従魔だからね。

「でも、どうやって行くの？　この辺りのモンスターなら大丈夫だと思うけど、場所も知らないわよ？」

イリヤちゃんの質問に俺は考える。方法としては二つかな？　ハニービー達に道案内してもらうか、俺が従魔との繋《つな》がりを感じて探し出すか……。

しかし、その問題はすぐに解決した。ハニービーが送ってくれるそうだ。秘密の裏道を使って。

歩いて十数分ほど、俺達は新しい花畑にたどり着いた。ここへ来るまでにモンスターに一度も会うことはなかった。どうやらおじいさんが結界で花畑同士を繋げていたらしく、自由に行き来出来るようになっていた。こんな便利な花畑にしてくれておじいさんに感謝だ。

その花畑ではハニービー達がせっせとハチミツを集めていた。昔からいた子達なのか新しく生まれた子なのかはわからないが、俺を見て一瞬《いっしゅん》止まったものの、またハチミツ集めに精を出し始めていた。

花畑にはおじいさんが作ってくれたのであろう巣箱がいくつかあり、周囲をよく見ると、おじいさん本人らしき人物の姿すらあった。

「あっ、師匠だ！」

そう言うとクルスくんは、先頭を切っておじいさんに向かって走っていった。俺達もすぐ、クルスくんに続く。

「むっ、なぜお主《ぬし》達がここにおる⁉」

走り寄る俺達に気づいたおじいさんは、一瞬驚いた表情を見せた後、なぜか困ったような顔になる。

って、……なんでそんな顔するの……？

「師匠、いつの間にこんなの作ったんだ？」

「う、うむ、お主達が出掛けている間、暇《ひま》だったのでな」

「最近はハニービー達も増えてたので助かります」

「き、気にするな。儂《わし》もハチミツは欲《ほ》しいからのぅ」

なんだろう、会話自体は噛《か》み合ってるんだけど、おじいさんが目を合わせずにいるから、どうも何か後ろめたいことがあるように聞こえてくる。

「教えてくれれば良かったのに」

「お、驚かせようと思ってたんじゃよ」

さっき驚いてたのは、おじいさんの方だよね⁉

やっぱり何かあるのかな？

じ――――――っ

顔をそらすおじいさんに対して、今度は妹ちゃんが正面に回り、じっとおじいさんを見つめ出した。その後もおじいさんは目をそらそうと顔をあっちこっちに振《ふ》るのだが、妹ちゃんは面白《おもしろ》くなってしまったのか、そのたびにおじいさんの顔の正面に回り込み続ける。

それを何度も繰《く》り返すうち、良心が耐《た》えきれなくなったのだろう。ついにおじいさんは、ハニービー達の巣を勝手に拡大した理由を話し始めた。


「蜜が欲しければ、シュウに言えば良かったのに」

「孤児院の子達も欲しがるけど全部は多いものね」

「はちみつみんなでたべるの！」

簡単に言うと、自分の蜂蜜《はちみつ》酒用に、こっそり取り分をキープしておきたかったらしい。どうもおばあさんにも内緒《ないしょ》にしていたようで、どこか気まずそうにしている。

まぁ、新しい花畑を見つけてくれて、新しく巣箱も作ってくれたんだから、少しは協力してあげようかな。

「じゃあ、ここはおじいさんがサクヤちゃんの為に作ったって事にしておこうか」

いわゆるサプライズというやつだ。前におじいさんがたくさんハチミツを持っていってしまったので、妹ちゃんやサクヤちゃん、孤児院の子供達はがっかりしていたからきっと喜ぶだろう。

妹ちゃん達も喜ぶサクヤちゃんの顔を想像したのか、皆でビックリさせようと乗り気になった。

数日後、皆でサクヤちゃんを新しい花畑に連れていくと、やはりハチミツも新しい花畑も喜んでくれて、楽しい一日になった。おばあさんも、おじいさんが新しい花畑を内緒にしていた事には気づいていたようだけれど、サクヤちゃんを喜ばせたから怒《おこ》られずにすんだようだ。

何はともあれ花畑が二つになったのでハチミツの収穫量《しゅうかくりょう》も増え、おじいさんも子供達も大満足である。

……しかし、おじいさんは忘れているのだろうか？　これ以上ハチミツを持っていっても作れる量に限界があるから蜂蜜酒を作ってもらえないということを……。

今日は久しぶりに龍王山《りゅうおうざん》の向こう側に来ている。おじいさんに旅の事を相談したら、馬車を引く従魔を捕《つか》まえる手伝いをしてもらえることになったのだ。場所はいつもの草原で、草食系のモンスターがたくさん暮らしているところだ。

「うおおおおおっ」

「にゃあああああっ」

「ワゥッ」「ワフッ」「ウォンッ」

比較的《ひかくてき》おとなしいモンスターが多いのでクルスくん、妹ちゃん、子狼達は元気に走り回っている。今回の目的はステップホースなので、ミルホーンやビッグコッコを見つけても無視する事になる。というか、これ以上増やしたら牧場が大変な事になる。チーズの村へお土産にする手もあるが、それなら直前に捕まえればいい。

ということで皆で走り回ってステップホースを探しているのだ。ここらで手強《てごわ》いモンスターはファイティングブル位なので、見つかったらここへ誘導《ゆうどう》し、皆で倒《たお》すことになっている。ブルのお肉は美味《おい》しいからね。

ちなみにクイーンは港町の子供達や新しく増えた狼達の修行で来られなかった。クイーンもたまには思い切り走りたいだろうし、今度連れてきてあげたいな。

「「こんにちは！」」

「「「ウォンッ！」」」

「おおっ、冒険者のじいさんに坊主《ぼうず》達かぁ、久しぶりだなぁ」

暗くなり始めた頃《ころ》、俺達は近くの村にたどり着いた。お土産には捕まえたミルホーンにビッグコッコ、それに、皆で狩ったファイティングブルのお肉がある。ちなみにミルホーンとビッグコッコは、いらないと言われたら村の外へ逃《に》がせばいい。

「元気にしどったかや？」

「おうっ！　元気だぜ！」

「げんき！」

馬が合うのかクルスくんと妹ちゃんは、村の見張りのおじいさんと話し込んでいる。大声で話していると村の人達もこちらに気づき、子狼達を見て俺達を思い出してくれたのか次々に集まってきた。お土産を渡すと喜んでくれて、代わりに大量の藁《わら》を貰えることになった。この辺りにはチーズの村や牧畜《ぼくちく》の村、農村などもあるからアイテムボックスが無かったら、荷物が大変な事になっていただろう。


「クルスくん頑張れ～」

「まけるなー」

「まだいける！」

お土産のお肉を料理し、今日も村の人達と広場で宴会《えんかい》になったのだが、いつものようにクルスくんが村の子供達と大食い競争を始め出した。お肉をお腹《なか》いっぱい食べられる機会

などあまり無いので、この競争はちょっとした娯楽《ごらく》のようになっていて、村人皆が楽しんで見ていた。

クルスくんもいつもなら楽しみながら食べるのだが、今日はちょっぴりやけ食いっぽい雰囲気《ふんいき》だ。というのも、今日はステップホースが見当たらなかったからだ。ぴーちゃんに空から探してもらったりもしたのだが、残念ながら成果はゼロ。まぁ、こんなに広い草原で、野生の馬を捕まえるのは結構難しいということだ。

「めっだに見ねぇげんど、羊や山羊《やぎ》も探せばいるだど」

こちらが持ち込んだお酒や干物なんかを肉と一緒に食べていると、村の人から重要な情報が！　どうやらこの草原にも羊や山羊が生息しているらしい。モンスターなのか野生動物なのかはわからないが、こちらも探してみよう。

ところで、クルスくんを筆頭に子供達がお腹をパンパンに膨《ふく》らませて寝転《ねころ》がっているが、デザートの果物は食べられるのかな？


それから俺達は、ひとまず最初の村を筆頭に、いくつかの村を回った。広い土地を利用した農業や畜産《ちくさん》に特化した村が多いため、いずれも少し距離《きょり》はあったが、狼車その他で走り回れる俺達にはさほど問題なかった。その道中も、村へのお土産を狩ったり捕まえたりして村の人達に喜ばれはしたのだが、残念ながら目的のステップホースは、最終的には四頭しか捕まえることが出来なかった。

噂《うわさ》に聞いていた羊や山羊の方も、比較的レアな存在なのか、見つけることが出来なかった。こちらの方はおじいさんに連れてきてもらわないといけないので、おじいさんが一緒のこのタイミングでぜひ捕まえたかったのだが、次回（いつになるかはわからないけど）に期待しよう。

「うぢのチーズのが美味《うま》いでな。んだどもそっちのもなかなかだなぁ」

いきなりだが、今はチーズの村で、孤児院産のチーズの品評会の真っ最中だ。というか、味見をしてもらうだけのつもりだったのだが、いつの間にか村の人達がチーズ料理を持ち寄ってきて、こっちでも大宴会に突入《とつにゅう》してしまったのだ。

「この料理には、やっぱりうちの村のチーズだなぁ」

「こっちだど、意外にこれに合うど」

チーズは産地や原材料の乳の違《ちが》いで味がけっこう違ったので、料理によって相性《あいしょう》があった。そのため、この品評会には村人達も大盛り上がりだった。帰りにはもちろんお互いのチーズを物々交換《ぶつぶつこうかん》することになったのは言うまでもない。

おじいさんの家に帰るとさっそくクイーンがやって来て、新入りのステップホース達を連れていってしまった。きっと彼らにも、クイーン流の修行を付けるんだろう。まぁ、クイーンはこの牧場の主なので、他のステップホース達との仲も上手《うま》く取り持ってくれるだろうから、任せておこう。

帰ってきてからは生産活動一直線だ。と言っても俺がやるのは木の処理ばかりなのだが……。

鍛冶《かじ》用の鉱石も掘《ほ》りに行きたいのだが、これは買うという手段があるので後回しになる。それに行くなら冒険者組も連れていかないと効率が悪い。

今は港町孤児院の増築にも使うし、木材並びに薪《まき》なんかはいくらあっても困らないので、ここらで大量に用意しておきたい。

（ゴォォォォォォォ）

（ガッ、ガッ、ガツンッ）

（ガリガリガリ）

「新しいの、ここに置いておくぞ！」

「了解《りようかい》！　って多くない⁉」

木材加工の作業をしていると冒険者組が追加の木を持ってきた。持ってきたのだが量が少しばかり多すぎる気がする。

冒険者組には森の探索《たんさく》の最中に何本か木を伐ってくれるように頼んでいた。同じ所で伐りすぎるのも環境的《かんきようてき》にまずいので距離を空けるために数本だけ頼んだのだが……。

「いや、クイーンが張り切っちゃって密集してる所の木を伐らされたんだよ」

なぜクイーンが張り切るのかわからなかったが説明を聞いて納得。以前トレントを狩ったときもそうだったが、森には木を伐る音に反応して集まってくる動物やモンスターはたくさんいる。普段《ふだん》ならそれらが来ないように作業をするのだが、クイーンはそれを利用して獲物《えもの》を呼び寄せて戦い続けたらしい。

一応一ヶ所で伐りすぎないようにしてはいたらしいのだが伐っては戦い、走って移動しまた伐ってと延々と繰り返していたらしい。幸いなことに現れるのはボアやゴブリン、蟻《あり》が多かったので数は多いが強くなくて助かったとの事。

「じゃあ、俺達も手伝うか」

「これも修行だからな」

山のように木を積んだら冒険者組は加工の手伝いをしてくれた。レベル上げで10レベルの恩恵《おんけい》があるとはいえ、筋トレが役に立たないわけではない。鍛えれば当然身に付くので力仕事は冒険者の仕事でもある。というより子供は色々とお手伝いして体を鍛える方が本当は先だと思う。

未《いま》だに魔法《まほう》が得意な子が少ないので俺が次から次へと木を乾燥《かんそう》させていく。冒険者組は木を並べたり、枝を切ったり、皮を剥《は》いだりと力仕事をやってくれている。切った後の仕分けとかもやってくれているので大助かりだ。

「こんどはあっちだよ」

「うん……」

「はいにゃ」

「がんばるにゃ」

「「「ワフッ！」」」

ここでは妹ちゃん達も大活躍《だいかつやく》だった。妹ちゃんが先頭に立ち、サクヤちゃん、猫姉妹、コボルトの子供達を引き連れて葉っぱの回収をしてくれていた。基本的には乾燥させた葉っぱを集めるのだが、冒険者組が持ってきた木の種類がバラバラだった為に色々な種類の葉っぱがあるので乾燥していない葉っぱも集めてもらった。

その中には大きな葉っぱや柔《やわ》らかい葉っぱ、『鑑定《かんてい》』したら食べられる葉っぱもあってちょっとビックリした。柔らかい葉っぱは袋《ふくろ》にぎゅうぎゅうに詰《つ》めて枕《まくら》やクッションにしてみたら思いの外好評だったので現在予約待ちだったりする。

しかし、妹ちゃん達が頑張ってくれるのはありがたいのだが、葉っぱが集まりすぎている事に少し困っている。新しい葉っぱでクッションという使い道が出来たが基本的に火種に使うか肥料くらいしか使い道が思い付かない。

ただ、頑張っているのはありがたいので今度焼《や》き芋《いも》でも焼いてみようかな？　銀紙も新聞紙も無いので上手く出来るかはわからないのだけど……。

石焼き芋って手もあるけどあの石って何か特別な石なのかなぁ？

(ガタゴトッガタゴトッ)

「なんか変な臭《にお》いがしてきたな」

初めて港町にやって来た子達《たち》が海の匂《にお》いに気づいて少し顔を歪《ゆが》めていた。まぁ、初めてならしょうがない、一度は通る道だ。

俺達は木材をさっそく港町に運び込んだ。ある程度の量が溜《た》まったので角材なんかに加工するのは港町の皆にやってもらおうと乾燥だけして持ってきたのだ。じゃないと港町の木工組なんか暇してそうだからね。

今回は新しいステップホース達に馬車を引いてもらい、二台の馬車に木を山積みにしてきた。ステップホース達はクイーンに鍛えられてレベルが上がっていたので、普通《ふつう》の馬車くらいの速度だったが力強く馬車を引き、無事にたどり着くことができた。

俺達の主力商品であるポーション類は狼車に積んである。他《ほか》にも今回は薪や炭なんかも持ってきたのだが、今回はそれが良く売れた。

いつものように隣町《となりまち》で野菜なんかを買ったのだが、そこの店員というか村人に薪は必要ないかと聞いたら嬉《うれ》しそうに購入《こうにゅう》(物々交換)してくれたのだ。確かに薪は毎日使うから多くあっても困らない。というか、俺が竜《りゅう》の森に行った理由のひとつでもあるしね。

何軒《なんけん》か買い物しながら聞いてみたが森が近くにない村は薪を手に入れるのが大変らしい。それに竜の森の木は火が長持ちすることで有名らしい。普段から使ってる俺達にはわからない情報だ。そんな理由からどの人からも薪は喜んでもらえたので『アイテムボックス』に入ってるのを出しながら買い物をした。最近は木を伐りすぎて薪は売るほどあるので次はもっと持ってこよう。


「たくさん持ってきたなぁ……」

港町孤児院《こじいん》に到着《とうちゃく》すると皆に手伝ってもらい、持ってきた木を倉庫に仕舞《しま》った。馬車にもそれなりにあったが、もちろん『アイテムボックス』にもたくさんあるので当分木工組だけでなく他の子達も手伝いでやることはたくさんあるだろう。

ついでに近くにいた漁師さんの奥様方《おくさまがた》に聞いたところ、ここでも薪があると嬉しいと言われたので木工組には少し多めに薪を作るように言っておいた。

というのも持ってきた木の中には建物の加工にあまり向かない品質の物が含《ふく》まれているからだ。冒険者組《ぼうけんしゃ》が伐ってきた物はモンスターを誘《おび》き寄せる為に手当《てあ》たり次第《しだい》に伐ったので、木の種類がバラバラだったのだ。葉っぱもバラバラだったし、新しい発見はあったけど欲しかった物は若干《じゃっかん》少なかったりする。まぁ、細かいところは木工組に丸投げしちゃおう。


「良い匂いだな」

「どれも美味そうだな」

荷物を渡した俺《おれ》達は新しく来た子達を案内していた。やっぱり最初に目につくのは食べ物の屋台だろう。まぁ、目というより鼻なんだろうけどやっぱり魚介類を焼く匂いは良い匂いだ。これで醤油《しょうゆ》があったらもっと良いのに……。

「美味しいな！」

「あぁ、シャルちゃんの作るご飯の方が美味そうなんだけど、これも負けてねぇな」

一働きした後なのでさっそく屋台で買い食い。目につく屋台で手当たり次第に買っていく。値段が安いので大量に買っても問題ないが食べきれない分はアイテムボックスにしまってお土産に。

確かにシャルちゃんが作る料理はスキルの影響《えいきょう》もあって美味しいのだが、とれたての食材を使った料理はまた違った美味しさがある。景色なんかも良いアクセントになってるみたいだし、いつか旅に出て名物料理とか食べてみたいな。

第2章 クルスくんとイリヤちゃん an orphanage & a gifted tamer

「メェッ！　メェッ！」

「「「ウォフッ」」」

子狼《おおかみ》達が子羊を追いかけている。何も知らない人が見れば狼に羊が襲《おそ》われているようにしか見えないが、あれは仲良く遊んでいるらしい。俺の近くにはクイーンと年老いた羊が仲良く？　寝ている。

ここは隣町周辺にある農村のひとつ、以前子羊を買えないか聞いた村の一つだ。そして、子羊が産まれたというので買いに来たのである。


港町への旅は数回に一度の回数に減らした。冒険者組も狼達もたくさんいるし、木材も俺がいなくても魔法の鞄《かばん》に入れればそれなりの量を運べる。と言っても魔法の鞄の存在を隠《かく》すために大量には運べないのだが、それは往復する回数を増やせば良いことだ。だから仕事はお任せした。

俺達が行くのは新鮮《しんせん》な魚介類を買いに行くときだけになった。魚介類があれば料理組も使うし俺も食べたい。しかし、毎回行くと「アイテムボックス」の中が魚介類だらけになってしまうので数回に一度になったのだ。


俺達が港町へ行かず、冒険者組や生産組だけで行動するようになって新しい取引先も出来たみたいだ。


「なぁ、あんたら、その木を見せてくれ」

冒険者組が港町に木材を運んでいると何人かの職人風の男達に声を掛《か》けられたそうで、話を聞くとどうやら彼等《かれら》は船大工のようで質の良い木材が港町孤児院に運ばれていると聞き、見に来たとの事。前にも聞いたが竜の森の木材は品質が良いらしく木工品や家はもちろん船の材料としても優秀《ゆうしゅう》らしく売ってくれと言われたらしい。

木の種類はたくさんあるので、もちろん船に使える木材だけだが良い値段で買ってくれるらしいので、これからその木材を多めに運びたいと言っていた。

港町の事を任せた俺達は生産活動をしたり森の奥へ冒険《ぼうけん》や伐採《ばっさい》しに出掛けたりしていた。しかし、港町へ行く回数が減った為《ため》に妹ちゃん達が「つまらない！」と言ってきた。確かに旅は楽しかったのでその気持ちはわからなくもない。そこで院長先生と相談し、隣町まで買い出しに行く許可を貰えた。葉物野菜なんかは足が早いし、物によっては収穫《しゅうかく》すると味が落ちる野菜もあるのでアイテムボックスがあると便利なのだ。もちろん旅にはクイーンやおじいさん、おばあさんという保護者は必要なのだがいつものメンバーなので特に気になることはない。

そうして何度か隣町に買い出しに行ったところ、村人から「子羊が産まれた」と言われたのでさっそくその農村に子羊を見に来たのである。

「メェエエ～」

「メェエエエエエ～」

村は一面小麦畑に所々野菜畑が点在していた。輸送手段の発達してないこの世界じゃあまり同じ野菜は作れない。例外は長持ちする野菜かな？　隣町に来ていたのは食べきれない野菜を売りに来ていたみたいだ。

そして、農村では羊と山羊を飼っていた。村によっては牛（モンスターではなく動物）もいるらしい。子羊に関しては村の羊にまだ余裕《よゆう》があるので譲《ゆず》ってくれた。売り先がなければ食べるだけなので現金収入はありがたいらしい。

村人に案内されて羊達がいる所に連れていってもらったのだが、

「「「メェエエ～」」」

クイーン達を見た瞬間《しゅんかん》羊達が悲鳴をあげて逃げ出してしまった。うちの牧場はほとんどが俺《おれ》の従魔《じゅうま》だし、皆《みな》仲が良いから忘れてたけど普通は狼を見たら逃げ出すよなぁ。そういえばコボルト達も最初はクイーンを恐《こわ》がってたっけ。

そんな逃げ回る羊達の中、一匹《ぴき》だけ逆に近づいて来る羊がいた。子羊だ。本能的に逃げるのかと思っていたが好奇《こうき》心旺盛《しんおうせい》なのか近づいてクンクンしたりしている。子狼も同じように近づきクンクンしている。もちろん子狼達はむやみに吠《ほ》えることはしない。少しすると子羊と子狼達は仲良く走り出した。

「あれ？　あそこにいるのはどうしたんだろ？」

走り回る子狼達を目で追っているとポツンと羊が居眠《いねむ》りしていた。

「あぁ、あいつはもう年だからな、逃げるのを諦《あきら》めたんだろ」

どうやらここで一番のおじいさんらしく体も弱っているので逃げなかったんだろうとのこと。クイーンが近づいてもチラリと確認《かくにん》してまた寝《ね》てしまった。クイーンもその羊を気に入ったのか隣に寝転がった。

「あの、もしよければこっちの羊も売ってもらえませんか？」

「ん？　まぁ、いいけどそんなに長くはもたねぇぞ？」

俺は村人に頼《たの》んで年老いた羊も一緒《いっしょ》に購入した。狼を恐がらない羊は貴重だし、俺の回復魔法を使えば多少は長生き出来るかもしれないからね。

俺達は二匹の羊を連れて孤児院に帰るのであった。

「メェッ！」

「メェメェッ！」

「メェェェ〜」

その後も俺達は隣町への買い出しをしながら時たま港町へ新鮮な魚介類《ぎょかいるい》を仕入れに行っていた。運が良かったのか出産の時期に重なり、子羊が産まれたといくつもの村から連絡《れんらく》があり、子羊を貰いにいくつかの農村にも向かった。

そこでは最初の子羊のようにクイーン達狼を恐がらない子もいたが、半分くらいは恐がってしまったので貰うことは出来なかった。しかし、年老いた羊は何匹か恐がらなかったのでそちらは貰うことが出来た。

子羊達に恐がられて子狼達は少し落ち込む時期もあったが、気にしない子羊達と遊ぶとすっかり元気になっていた。

結局子羊は五匹、年老いた羊も五匹程《ほど》が新たな牧場の仲間になった。もちろん羊達は狼を見ても驚《おどろ》かなかったくらいなので、ビッグコッコやミルホーン、コボルト達を見ても気にせず元気に暮らせるようだった。

「メ、メエエエ！」

羊を飼い始めてから数ヶ月、牧場にいる年老いた羊が突然《とつぜん》叫《さけ》び声《ごえ》をあげ苦しみだした。

彼らには毎日、とまではいかないが出来る限り回復魔法をかけてあげていたので元気一杯《いっぱい》とはいかないが普通に暮らす分には問題ない程度には元気だったはずなのに……。

「おい、いったいどうしたんだ？」

「おにいちゃん、ひつじさんくるしそうだよ……」

「大丈夫……？」
クルスくんや妹ちゃん、サクヤちゃんも心配そうに見つめている。
羊を譲ってくれた村人も老い先短いかもと言っていたのでもう寿命《じゅみょう》なのかもしれないが
こんなに苦しむものなのだろうか？
俺は苦しみが少しでも消えるように魔法を使い続けた。魔力《まりょく》を流し続けると少しずつ羊
は落ち着いてきたのだが、モンスターではないはずなのに魔核《コア》があるかのように凄《すご》い勢い
で魔力が吸いとられていった。以前にも似たような事があったなぁ～と思いながら魔力が
無くなってきたので周囲から魔力を集めて羊に流していく。すると魔力が羊の中で一ヶ所
に集まる感じがし始めたと思ったら、
「メエエエエエエエ！」
と大声をあげて倒れてしまった。
「おい！　死んじゃったのか⁉」
「ひつじさん！」
突然《とつぜん》の大声に様子を見ていたクルスくん達も大慌《おおあわ》て。しかし、出来ることが無いので羊
の周りをクルクル歩き回っている。
「メェ～」

すると羊が何事も無かったかのように起き出しムシャムシャと草を食べ始めた。

「なぁ、シュウ、羊は生き返ったのか？」

「……さぁ？　わかんない」

正直生き返ったようにしか見えないが、死んではいなかったはずなので魔法が効いて元気になったと考えるべきか？

「なんじゃ、新しい従魔《じゅうま》か？」

するとおじいさんがやって来て聞き捨てならない言葉を言った。

「「「「従魔……？」」」」

「違うのか？　そこの羊は従魔じゃろ？」

そう言って指し示すのは先ほどまで苦しんで元気になった年老いた羊。となると、もしかして羊が従魔になった？　いや、動物って従魔って言えるのか？

俺がじーっと羊を見ていると『鑑定』が勝手に発動した。すると羊がいつの間にか『スリープシープ』という種族に変わっているのに気がついた。

「もしかして、モンスターになった……？」

「じゃから、さっきからそう言っておるじゃろ。あれだけ魔力を流せば魔核《コア》も出来る」

ん～、つまり、俺のせいでモンスターになったってことか？

「いや、もともとなりかけておったのが早まっただけじゃろ」

おじいさんの推測になるが羊は龍王山、竜の森からそれほど遠くないところに住んでいた。長い間過ごして魔力を溜《た》め込んでいたのでモンスターになりやすかったのだろうと。

そして、竜の森で暮らし始めてモンスターになりかけたところに俺が魔力を流して最後のトリガーを引いた、ということらしい。

確かにモンスターは動物が魔力を浴びてなるとは聞いていたが俺が魔力を流してもなるものなのか？

当の本人は呑気《のんき》に草をムシャムシャ食べているのだが……。


その後も他の年老いた羊に魔法をかけると同じようにスリープシープに進化？　してしまった。竜の森の魔力が原因なのか俺が原因なのかはわからないが、なってしまったものは仕方がない。正直動物でもモンスターでもそんなに違いがないと思うのでこのまま牧場で生活してもらおう。

スリープシープについては詳《くわ》しい事を誰《だれ》も知らなかったので冒険者ギルドに皆で調べに行った。

そして、わかったことは羊系モンスターの中では弱い方で、おそらく年老いていた為によく寝ていたのでスリープシープになったのではないか、ということだ。後は、スリープシープの毛は寝具《しんぐ》に最適で、王侯《おうこう》貴族も欲しがるほどの素材らしい。どれくらい集められるかわからないけど院長先生やおばあさんにスリープシープの毛で布団《ふとん》を作ったら喜んでくれるかもしれない。

「なあ、なんか毛が伸《の》びるの早くねえか？」

モンスターになって元気になったとは思うのだが、なんとなく癖《くせ》で回復魔法をスリープシープ達にかけているとクルスくんから、そんな疑問が。

「そうかなぁ？　あんまり変わらないと思うけど……」

「いや、あっちの子羊達と比べると全然違うぞ！」

確かに比べてみると子羊達に比べて羊っぽい体になってきてる気がする。子羊はあまり刈《か》る部分は無かったが、ここに来る前に一緒に毛を刈られたから同じくらいの毛の長さだったはず。いや、もしかすると年齢差《ねんれいさ》や大人と子供の違いかもしれないし、なんとも言えないなぁ。

しかし、一ヶ月もすると変化ははっきりとした。スリープシープ達は刈れるくらいに毛が伸びたのだ。どういう事か『鑑定』でじっくり調べてみると、どうやら『育毛』なるスキルを持っていて、そのおかげで毛が伸びたようだ。多分スリープシープだけに寝やすいように毛が伸びるのが早いんだろうなぁ。

「メェエェ～」

冬ならばこのままで良いんだけど夏だと暑すぎるからこまめに刈ってあげないと可哀想《かわいそう》かもしれない。それに毛はいくらあっても困らないからありがたい。

羊に関してはその後も何度か年老いた羊を購入し試《ため》してみたが、やっぱりスリープシープに進化した。原因はわからないが従魔になり、毛も刈れるので農村から購入を続けた。子羊達はモンスターになることもなくすくすくと成長し毛刈りも無事にすることが出来た。もしかすると成長してモンスターになるかもしれないが、その時はその時だ。

そんなことをしている間に冒険者組や商人組は孤児院と王都や港町を定期的に移動し、ポーションや木材を売りさばき、魚介類を購入するルートを安定させていた。もちろん俺達も新鮮な魚介類を運ぶために港町に行くことはあるが、ほとんどは隣町と付近の農村を行き来するのが日課になっていた。そのおかげか冒険者組の顔見知りの冒険者や行商人とも仲良くなれたので今後何かに役立つだろう。

そして、行商の真似《まね》をして数ヶ月、ついにこの時がやってきた。

「じゃ～ん！」

「イリヤちゃんおめでとう」

「すご～い！」

「……やった！」

ギルド証を掲《かか》げるクルスくんの隣《となり》で冒険者になったイリヤちゃんを皆で囲んで喜んでいた。

「なんだよ！　俺も祝ってくれよ！」

「……おめでとう」

「……おめでとう」

「……」

クルスくんが騒《さわ》いでいるが俺達は呆《あき》れた感じでクルスくんを見つめていた。

というのもクルスくんとイリヤちゃんが15歳《さい》で成人し、冒険者ギルドの登録を終えて、ついに冒険者となったのだ。一応俺や妹ちゃんより二人のほうが数歳上だが、何だか感慨《かんがい》深いな。当然のようにギルドには俺と妹ちゃん、サクヤちゃんもついていったのだが、興奮したクルスくんが新人には受けられない討伐依頼《とうばついらい》を受けようとして、受付のお姉さんだけでなく、知り合いの冒険者にも怒《おこ》られたのだ。なぜか俺達も一緒に……。

受付のお姉さんは仕事だけではなく本当に心配しているのがわかったし、冒険者の皆も先輩《せんぱい》として叱《しか》ってくれているのはわかるんだけど、俺達を一纏《ひとまと》めで扱《あつか》うのはやめて欲《ほ》しいなぁ……。


「よし、それじゃあ出発〜！」

クルスくんの掛け声でイリヤちゃん、俺、妹ちゃん、サクヤちゃんに保護者代わりのおじいさんで港町への護衛依頼《いらい》に出発した。


冒険者になったクルスくんとイリヤちゃんだが早々に薬草を提出し冒険者ランクを上げ、

討伐依頼もクイーン達の協力のもと、ある程度達成し次のランクアップの為に護衛依頼を受けることになった。もともと孤児院の子達は冒険者ギルドに出入りしていたので実力、性格共にギルドに認知《にんち》されているので、ここら辺まではスムーズに進んだ。

ただ、護衛依頼に関してはちょっとだけ問題が起きた。基本的には四人（サクヤちゃんを入れたら五人）で行動する予定だったのだが今のパーティーはクルスくんとイリヤちゃんの二人だけしかおらず、募集《ぼしゅう》の条件を満たせなかったのだ。

実力というか護衛の能力はクイーン達もいるし問題ないのだが、さすがに二人というのは実力云々《うんぬん》の前に少し頼《たよ》りなく見えるものだ。かといって俺や妹ちゃんに従魔達を連れていくのも依頼主の迷惑《めいわく》になる。冒険者組の誰かに頼むのも手だが、最近は皆忙《みないそが》しいから一緒に行ってくれる人がいるかどうか……。

「おや、皆さん、仕事ですか？」

冒険者ギルドの掲示板《けいじばん》で仕事を探す俺達に、隣町へと向かう途中《とちゅう》よく見かけた商人さんが話しかけてきた。馬車のスピードが違うので一緒に移動する事は無いのだが、休憩所《きゅうけいしょ》や野営場所では話をする程度には仲良くなった人の一人だ。

「あっ、こんにちは」

「違うよ、護衛依頼を探してるんだけどなかなか良いのが無くてなぁ」

俺達が商人さんに事情を説明すると、

「なら丁度良かった、うちの依頼を受けませんか？」

どうやら商人さんは護衛を探しにギルドに来たらしい。

「俺ら二人だけだけどいいのか？」

「ええ、でもシュウ君達も一緒に来てくれるんでしょう？」

どうやら俺、というかクイーン達の護衛力を期待しての提案みたいだった。まぁ、二人分の依頼料《いらいりょう》しか貰《もら》えないけど皆で行けるのはメリットかな。

お互《たが》いに良い話だったので依頼を受けたのだが、ちゃっかり商人さんが行き先を隣町から港町に変えてたのにはびっくりした。やっぱり商人は油断ならないね。


次の日お互いにいつでも出発出来る状態だったので、早速《さっそく》出発した。どうせ港町へ行くならとこちらも木材なんかを運ぶことにした。

商人さん達は二台の馬車でポーションや薬草、干し肉やモンスターの素材を積んでいるようだ。

「なんかいつもと違ってのんびりだなぁ」

「たまにはこういうのも良いじゃない」

今日は護衛ということでクルスくんとイリヤちゃん、それに俺と妹ちゃんも馬車の周りを囲うように歩いていた。クイーンと子狼達は周囲を偵察《ていさつ》に行っている。サクヤちゃんとおじいさんにはうちの馬車をお願いしてある。

いつもはステップホース達の脚力《きゃくりょく》でスピードを出しているのだが、さすがにいつも通りのスピードだと護衛にならないので商人さんの馬車の速度に合わせている。その為クルスくん達はゆっくりに感じているみたいだった。

「でもクルスくん、これが普通の護衛だよ？」

「そうですね、いつも皆さんはあっという間に走り去ってしまいますからねぇ。皆さんなら護衛の依頼がたくさん来るでしょうし、今のうちに慣れていた方が良いかもしれませんね」

俺達の会話に商人さんも加わってきた。やっぱりクイーン達が護衛するというのは依頼する側からすると安心感があるらしい。商人さん達は普段から俺達の事を知っているから尚更《なおさら》安心なんだろう。

そんなのんびりしたペースで初めての護衛依頼はスタートしたのだった。


「それではこれで依頼は完了《かんりょう》です」

「終わったぁ～」

「ありがとうございました！」

「やった～！」

「また機会があったらよろしくお願いします」

普段よりも倍近い時間がかかったが、無事に俺達は護衛依頼をやり遂《と》げた。道中は特に問題も起きず、むしろ商人さんが休憩《きゅうけい》する度に知り合いの商人に俺達を紹介《しょうかい》してくれてありがたかったくらいだ。

クルスくん、イリヤちゃん、妹ちゃん、俺と順に商人さんと挨拶《あいさつ》をし冒険者ギルドに依頼達成の報告に向かう。

「依頼達成を確認しました。お疲《つか》れ様《さま》でした」

冒険者ギルドに着くと早速受付へ。そこで商人さんから貰った終了《しゅうりょう》証を渡《わた》し、無事に依頼が終わった。

本来ならここでフレイの町に帰る護衛依頼を探したりするのだが、せっかく港町に来たのだから、ここで久しぶりに仕入れをする事に。最近は農村に向かうことが多かったから新鮮な魚介類の在庫が少なくなっていたのだ。

その間クルスくんとイリヤちゃんには港町での依頼を受けてもらうことに。いくつかの町で依頼を受けた方がランクアップしやすいらしいからね。といってもこのギルドの依頼は荷運びか護衛依頼が多いので荷運び中心になるとは思うけど。

「久しぶり～」

「元気だった？」

港町孤児院に着くといろんな所から挨拶が飛んできた。皆元気にしているみたいだった。

クルスくん達は一応ギルドで荷運びの依頼を探したのだが、さすがに昼過ぎに依頼は残ってないので明日の朝行くことになった。クイーンの修行《しゅぎょう》を終えた港町孤児院の冒険者も何人かここにいるので彼らに助言を貰えたら良いなと思ったりしている。

「それじゃあ行ってくるぜ！」

「行ってくるわね」

「気を付けてね」

「クルス、失敗すんなよ！」

「頑張《がんば》って～」

翌日クルスくんとイリヤちゃんは冒険者の皆と一緒にギルドに出発した。今日は俺やクイーン達もいるので冒険者組も依頼を受けることにしたようだ。

俺はたまりにたまった干物《ひもの》なんかの回収と木材等の持ってきた物を倉庫に出していった。ちなみに妹ちゃんは夜ご飯のカニ祭りでお腹《なか》いっぱいになり寝坊《ねぼう》している。サクヤちゃんは妹ちゃんを起こしに行ったが帰ってこない所をみると起きないか一緒に寝ちゃったかな？

長期の依頼の後は休みを取る冒険者もいるらしいからゆっくりさせてあげよう。

その後、商人組の子達と仕入れに関してあれこれ相談した。久しぶりにこっちに来たので塩やら海鮮《かいせん》物やらを色々仕入れるつもりらしい。

昼前になると妹ちゃん達がやって来たが今は特にする事がないので「遊んできて良いよ」と言うと、お昼ご飯を食べた後、サクヤちゃんと一緒に海に遊びに行ってしまった。おじいさんも一緒に行ってくれたので安心して仕事が出来る。

午後は商人組と一緒に露店《ろてん》を見に行ったり商業ギルドに顔を出したりと商人活動を頑張

った。ギルドでは取引額とギルド証のランクが合ってないと小言を言われたがそこまで商人として活動するつもりもないので更新《こうしん》はしなかった。

そんな毎日を過ごしていると港町冒険者組が護衛依頼を受けてきたとのことでクルスくんとイリヤちゃんは一緒に依頼を受けることになった。なんでも王都迄《まで》の護衛なのだが荷物が多いために馬車も多く、冒険者もその分多く募集するのだが、一パーティーでその人数は集められないので複数のパーティーを募集するそうだ。そういうときは人数の少ないパーティーが受けやすいと意外に人気があるようだ。ただ、言い方は悪いが寄せ集めなので、もし何かあったら護衛は難しいと言っていた。

まぁ、クルスくんとイリヤちゃんは受けられる依頼が少ないので頑張ってほしい。

さて、クルスくんとイリヤちゃんが依頼で出掛《でか》けている間、何をしよう？　ここ数日でやれることは大体やっちゃったから特にする事がなくなってしまった。魚介類や塩なんかも新しく仕入れるのに時間がかかるし。

「なら、久しぶりにあの村に行くか？」

悩《なや》んでいるとおじいさんから出掛けないかと提案が。

「村？」

「うむ、蜂蜜酒《はちみつ》を取りに行くぞ」

なるほど、熊《くま》の行商人の村か。そういえば最初に行ってからご無沙汰《ぶさた》してるな。妹ちゃんとサクヤちゃんに聞いてみたところ、二人ともチナちゃんに会いたいと言ってきたので皆で行くことにした。


「チナちゃ～ん！」

村に近づくと我慢《がまん》できなくなった妹ちゃんが走り出してしまったが、村の人たちは俺達の事を覚えていてくれたようで止められることなくそのまま村の中に行ってしまった。サクヤちゃんはいきなり走り出した妹ちゃんを追いかけるため、慌《あわ》ててついていった。

俺とおじいさんはのんびり村に着いたのだが村の門番の人の「また今日も来たんですか？」という挨拶に疑問を感じた。また？

おじいさんを問い詰《つ》めるとどうやら一人で蜂蜜酒を取りに来ていたらしい。それこそ「転移魔法《まほう》」でちょちょいと。おじいさんは色々と言い訳を言っているが別に怒るつもりはない。もともとおじいさん用に蜂蜜酒を作ってもらっているからだ。むしろ一言言ってくれれば妹ちゃんとサクヤちゃんと一緒に来てチナちゃんと遊べたかもしれないのにとも思ったくらいだ。

残念ながら熊の行商人は行商に行っていていなかったのだがせっかくだからと塩や魚介類を安く売ってあげた。おじいさんは蜂蜜酒を取りに来たと言っていたが、ある程度は港町に配達してくれてるし、そもそもおじいさんが来すぎているせいで完成している蜂蜜酒は存在していなかった。


「おにいちゃ～ん」

「一緒に遊ぼ」

細々とした売り買いをしていると妹ちゃん達が一緒に遊ぼうと誘《さそ》いに来た。商売をしてても妹ちゃんとは同い年だしまだ子供達に交じって遊ぶ年だ。チナちゃんが俺とも遊びたがるのは当然だろう。

広場では独楽《こま》や縄跳《なわと》びで遊ぶ子が多かった。以前隠《かく》れ里《ざと》で作ってから孤児院《こじいん》でも遊ぶ子が増えていつの間にかこの村にも伝わっているようだった。

その日は日が暮れるまで子供達《たち》と一緒に遊んだ。

夜はいつの間にか狩《か》りに行っていたクイーン達の獲物《えもの》で宴会《えんかい》をした。その中で行商に行く村人からおじいさんがワインの美味《おい》しい村の情報を聞き出していたのでいつかその村へ行くことになるだろう。

さすがに一泊《ぱく》だけではもったいないのでこの村で二泊ほど泊《と》まった。妹ちゃんとサクヤちゃんだけでなくチナちゃん達村の子供達も久しぶりの友達に楽しそうに遊んでいた。崖《がけ》のほうに行ってみると俺が掘《ほ》った穴に山羊《やぎ》や羊がぎゅうぎゅうになりながら寝ていた。

俺が来たことに気付くと何匹《なんびき》かやって来て俺に新しい穴を掘れと催促《さいそく》してきた。仕方がないのでいくつか穴を掘ってあげたのだが従魔でない家畜《かちく》達に何故《なぜ》働かされているのだろう？

「メェエエ〜」「メェッ！」

まぁ皆喜んでいるので良しとしておこう。

そんな休日？ を楽しんだ俺達は港町へ戻《もど》ってきた。孤児院に向かうとクルスくん達は護衛依頼から帰ってきていて、今日は荷運びの仕事に出掛けたらしい。

「おっ、お前らも帰ってきたのか！」

「皆お帰り！」

「ただいま、クルスくん達もお疲れ様」

「おかえり〜」

夕方になるとクルスくん達冒険者《ぼうけんしゃ》組が帰ってきた。今日の晩御飯《ばんごはん》はお肉尽《づ》くしだ。クイーン達からの熊の行商人の村のお土産《みやげ》である。

「久しぶりの王都は楽しかったぜ」

「前は過ごし辛《づら》いと思ったけど、覚悟《かくご》して行けば気にならなかったわ」

初めて行った時は兵士達の態度が気になったが、そういうものだと思って過ごせば問題なく、獣人街や冒険者《ぼうけんしゃ》が多い所で過ごせば逆に色々な物があって楽しかったそうだ。

そっか、獣族、獣人族だからと差別ばかりしていたら冒険者から反感を買ってしまうからあからさまな事は出来ないのか。なら冒険者になったら妹ちゃんも王都に行けるかな？


「「「ただいま〜」」」

「お帰りなさい」

「依頼は出来た？」

「怪我《けが》はない？」

「お土産は？」

港町から帰ると孤児院の子供達にもみくちゃにされてしまった。残念ながら港町からフレイの町への護衛依頼は無かったので行きよりも短時間で着くことが出来た。院長先生もシャルちゃんも俺達《おれ》の顔を見て安心したようで夜は仕入れてきた新鮮な魚介類を使ったパーティーだった。


「じゃあ俺達は森に行ってくるな！」

次の日クルスくんはイリヤちゃんやクイーン達を連れて竜《りゅう》の森に行ってしまった。数日仕事をしたら休むのが基本なのに今回の旅路はほとんどすることがなかったから体が鈍《にぶ》っているんだろう。まぁ、採取と討伐《とうばつ》の依頼をこなすと言っていたのでそこまで森の奥《おく》には行かないだろう。

「おにいちゃん、あたしたちもいくね！　サクヤちゃん、いこ！」

「うん！」

妹ちゃん達も牧場へお世話しに、と言うか遊びに行ってしまった。取り残された俺は冒険者組が伐採してきたのであろう木を加工しに向かった。

相変わらず山のように木が積んであるが、これも俺がいなくても良いように自然乾燥《かんそう》させる分を作っておいた方が良いだろう。

木を乾燥させせながらふと考える。今は木材の需要《じゅよう》があるので良いが、落ち着いたら何をしよう？


前までなら食料を採りに行ったり肉を狩りに行ったりしていたが、今では冒険者組も増えて俺が行く必要も無くなった。

商売にしても商人組や生産組が頑張ってくれているのでそれなりに利益は出ている。具体的にはどこかの町で店を持ちたいと言えば援助《えんじょ》出来るくらいには……。まぁ、孤児院の子達は皆《みな》孤児院で働きたがっているので独立は無いかな。

後は俺がいると便利なのは『アイテムボックス』だけど、困るのはお肉や魚介類の腐《くさ》りやすい物位でそれ以外は魔法の鞄《かばん》で代用出来ちゃう。

となると、俺は冒険者になるための準備を始めていいのでは……？

あっ、そういえば冒険者も商人も生産も人が増えたから魔道具を作って欲しいって言われてたな。なんだかんだで魔道具って俺しか上手《うま》く作れてないんだよなぁ。そうか、冒険者の修行をしながら新しい魔道具を作るのも良いかもな。

旅が増えたせいか水の魔道具や魔法の鞄が少し不足ぎみらしい。他《ほか》にも何か便利な魔道具を作りたいな。

その日は一日木材の乾燥作業で終わってしまった。次の日早速《さっそく》魔道具作りを始めた。久しぶりの作業なので復習がてら火の魔道具、水の魔道具、魔法の鞄なんかに挑戦《ちょうせん》。

久しぶりだったけど意外に身体が覚えてるもんで問題なく作ることが出来た。というか、これも売れるんだろうか？　魔道具は商業ギルドの管轄《かんかつ》か？　錬金術《れんきんじゅつ》ギルドとかあるのかな？　まぁ、後で商人組にでも聞いてみよう。

お次はお湯の出る魔道具に挑戦だ。これがあればお風呂《ふろ》やシャワー、冬場の台所仕事が楽になるはずだ。

クルスくん達と竜の森で採取や狩りをして冒険者としての練習をしながらお湯の魔道具作りをしているのだが難しい！　水は簡単に出るのだが温度調整が出来ないのだ。冷たい水も熱いお湯も出ない。出るのは温《ぬる》い水だ。魔法で出すときも温い水なのでそういうものなのだろう。

結局出来上がったのは熱湯が出る魔道具だった。しかし、お湯を沸《わ》かすのも大変だし冷ませば良いだけなので、これはこれで皆に喜ばれたので次は何を作ろうかな？

「よしっ！　シュウ、護衛依頼だ！」

「ごめんシュウ、護衛依頼手伝ってくれる？」

魔道具作りに奮闘《ふんとう》しているとクルスくんとイリヤちゃんがギルドの依頼を受けたようでまた一緒に護衛をしてほしいと頼んできた。

「また俺達も一緒で良いの？」

「おう、ちゃんと確認しといたぜ」

「依頼主の人も、顔見知りの商人さんだから大丈夫《だいじょうぶ》よ」

よく聞くと依頼主の人は前回の護衛の時の商人さんと同じく旅で知り合った人で、前回の商人さんから聞いて指名してくれたそうだ。ただ、指名と言ってもランク的に指名依頼はまだ出来ないので運良くギルドで会えたから受けられたと。

どうやら最初の商人さんは俺達の事を宣伝してくれたようで、今回依頼してくれた商人さんいわく、もしかしたら他の商人からも依頼があるかも？　と言われたそうだ。やっぱり二人分、というか、安い依頼料でそれなりに腕《うで》の立つ冒険者&従魔を雇《やと》えるのは行商人や小さなお店にはありがたいのだろう。こちらも皆で行けるから助かるし。

「久しぶりに暴れられたな」

「「「「ウォフッ！」」」」

護衛の途中《とちゅう》盗賊《とうぞく》に襲《おそ》われた。いや、襲ったのか？　商人さんの馬車一台に俺達の狼《おおかみ》車で進んでいるとクイーンが何かに気づき、クルスくんと従魔達でどこかへ行ってしまったのだ。少しすると縛《しば》られた10人程《ほど》の人間を引きずってクルスくん達が帰ってきた。どうやら盗賊《とうぞく》を見つけてこちらから仕掛《しか》けたらしい。しかし、今回はいつもの旅と違《ちが》い護衛の旅だ。護衛対象をほっぽって行くなどあり得ない。クルスくん達は今イリヤちゃんにこっぴどく叱られている。

クルスくんはともかくクイーンがこういうミスをするのは珍《めずら》しいから理由を聞いたら最近の旅は平和過ぎたので張り切ってしまっただけのようで、確かに最近は刺激《しげき》が少なかったかもしれないのでおじいさんに頼んで、また森の奥へ冒険《ぼうけん》に行こうかな？

「「すみませんでした！」」

イリヤちゃんのお説教が終わると二人で商人さんに謝《あやま》ることに。商人さんは怪我も無かったからと許してくれたが、これから気を付けなければ。そして、盗賊達は次の町で役人さんに引き渡し、報奨金《ほうしょうきん》等は半分ずつということになった。アジトを襲うには人手が足りないし、最近来たばかりらしいのでそんなにお宝は溜め込んでいないだろうからこのまま次の町に向かおう。


「助かった、また頼《たの》むよ」

港町に着き護衛の依頼は終了です。帰りのタイミングが合えばまた依頼を受けるかもだけどどうなるかな?

港町孤児院に着くと冒険者組から一緒《いっしょ》に依頼を受けないかとお誘いがあったのでクルスくんとイリヤちゃんは出掛けることに。

妹ちゃん達は海に遊びに行くようで今日はおばあさんが一緒なので新しい海鮮料理に期待しようかな。

することの無い俺《おれ》は魔道具《まどうぐ》のチェックをすることに。新しく熱湯の魔道具をお風呂や台所に設置して皆《みな》に使い方の説明をしておきます。ついでとばかりに氷水を魔道具で出せるようにしたりしてお風呂場《ふろば》を少しずつ改造しといたので今度使《つか》い心地《ごこち》を確認《かくにん》しておこう。

クルスくん達が依頼で出掛けるのでまた何日かここに残ることになった俺はおばあさんの海鮮料理を食べながら新しい魔道具を作れないか考えるのであった。

港町孤児院で過ごす事数日、クルスくん達が帰ってきました。長期依頼の後は休みを入れるのだが、

「次も護衛の依頼受けたからまた出掛けるぜ」

とのこと。どうやら地道に信頼《しんらい》を勝ち取ったらしい港町冒険者組のおかげで続けて依頼を受けられたようで、冒険者ギルドで依頼完了《かんりょう》の報告と同時に次の依頼も受けたらしく、なんとも忙《いそが》しいことです。

しかし、また護衛依頼ということは滞在《たいざい》が長引くということなので院長先生に連絡《れんらく》をしておいた方がいいので、伝書鳩《でんしょばと》ならぬ伝書シーキャットに手紙を運んでおいてもらおう。今ではシーキャット達は15羽《わ》になり、３羽一組で伝書鳩代わりに連絡を取ってもらっている。速さで考えればぴーちゃんに頼んだ方が良いのだが、一人の時に襲われたら危ないのでシーキャット達の仕事になった。

港町で過ごす間クルスくん達は順調に護衛依頼をこなしていった。当然港町ということもあり行き先は王都だけではなく他の街への依頼もありクルスくん達の話では王都には劣《おと》

るが港町位栄えている所もあり楽しかったと言っていた。同じ国でも差別の少ない地域もあり、皆で行くならそういう所が良いとも言っていたので旅の楽しみが出来たかもしれない。

護衛依頼には時たまクイーン達もついていった。というのもここでも俺達の旅には狼がついてくるという認識《にんしき》で、狼の察知能力を期待されて依頼している部分もあるので毎回誰かしら狼が一緒だったのだが、とある街に行くときに山賊《さんぞく》やモンスターが多数出る危険地帯がありそこを通るためにクイーンと子狼達が一緒に行ったのだ。

あまり嬉《うれ》しくはないが予想通り何度もモンスターに襲われたらしくクイーン達やクルスくんは喜んで戦っていたらしい。港町冒険者組がしっかり護衛していたので良かったが、またお説教かな？

クルスくん達が出掛けている間、俺は情報収集がてら料理組の手伝いをしていた。といっても料理は出来ないので屋台の手伝いをしただけなのだが、船乗り達向けの屋台にしたので大忙《おおいそが》しだった。

船乗り達は当然海の上で生活するので普段《ふだん》から保存食や魚ばかり食べているのでお肉に

飢《う》えているらしい。もちろん陸地沿いを走る船は補給もしやすいので、全《すべ》ての船乗りが肉に飢えているわけではないのだが……。

「陸地沿いなら安全だが時間がかかんだよな」

「何でも遠く海の向こうには変わった服に珍しい食べ物、酒がある国があるとか」

「隣の大陸へ向かう途中の島が沢山《たくさん》あるところには海賊《かいぞく》がいるから気を付けなきゃなんねえ」

「海に出ると大型のモンスターも出るから海を渡るのは命がけだぞ」

屋台でお酒も出したところ船乗り達は色々な事を教えてくれました。話を聞く限り海での旅は一筋縄《ひとすじなわ》ではいかないようなので将来的な旅はまだまだ先になりそうだ。少なくとも高性能な船か水中でも戦える従魔が見つからないと旅は出来ないだろう。

その後もクルスくん達が依頼を受けている間は屋台を手伝って色々な情報を仕入れた。やはり海の果てには定番の日本風の国があるみたいなので、武器なら日本刀が、調味料なら味噌《みそ》や醤油《しょうゆ》が、そして米があれば日本酒もあるかもしれない。お酒好きなおじいさんなら日本酒も喜んでくれるだろう。

「よしっ、帰ろうぜ！」

「思ったより長くかかっちゃったわね」

何度か護衛依頼を受けていたらようやくクルスくんとイリヤちゃんのギルドランクが上がった。ランクが6や7になれば一般的《いっぱんてき》な冒険者として見られるので、孤児院の子達はほとんどがこのランクである。このままでも良いとは思うんだけどクルスくんはもっと上のランクになりたいらしいので俺と妹ちゃんが冒険者になったらランク上げの毎日になるかもしれない。そういえばサクヤちゃんはどうするのかな？

「帰りは依頼無いの？」

「さすがにここじゃあ見つかんなかったな」

「クイーン達も満足したみたいだしのんびり帰りましょ？」

目的、というかランクを上げるために受けていた護衛依頼だったのでランクが上がればこれ以上急いで依頼を受ける必要はない。なので孤児院に帰る事になった。思ったより長くいたので魚介類《ぎょかいるい》も大量にあるし、しばらくは港町に来る事はないかな。そんなことを考えながら俺達は孤児院へと帰るのであった。

「お前達、やっと帰ってきたのか！　早く孤児院に行ってこい！」

途中でクイーンとクルスくんが狩りをしたり、隠《かく》れ里《ざと》で魚介類のお裾《すそ》分《わ》けをしたりしてのんびりと帰り、フレイの町が見えてきたと思ったらいつもの門番の兵士さんが走ってきて俺達に孤児院に早く行くように言ってきた。

「おっちゃんただいま！」

「ただいま！」

「こんなところまで来てどうしたんですか？」

「孤児院に何かあったの？」

クルスくんと妹ちゃんは帰ってきた挨拶をするが、それよりも孤児院の事を聞かないと！

「お前らが出掛けてから領主様が亡《な》くなってこの町が色々大変な状況《じようきよう》なんだ。お前らの所の孤児院もめんどくさい事になっちまっててな、悪いが俺達にはなんとも出来ない状態だ。

詳《くわ》しい事は院長先生に聞いてくれ。とりあえず早く帰った方がいい！」

こちらに寄ってきたと思ったらそのまま俺達を連れて門へ行き、いつもよりも簡単なチェックで町の中に入れてくれた。それだけ早く孤児院に行けという事なんだろう。

「何が起きてんだ？」

「さあ？」

「なら、行けばわかるでしょ、急ぎましょ」

イリヤちゃんに言われ急いで孤児院に向かった。町の中にはいつもの活気は無く、何かに怯《おび》えたような、不安そうな雰囲気《ふんいき》で俺達も今更《いまさら》ながら心配になってきた。


「さっさと出てけや！」

「もうここはおめえらの家じゃねぇんだぞ！」

「領主様に逆らう気か⁉」

「ふざけるな！」

「ここは俺達の家だぞ！」

「領主様は亡くなったばかりだ！」

「「「ガルルルル！」」」

孤児院に近づくと、怒鳴《どな》りあってる声が聞こえてきた。良く見るとガラの悪い冒険者達《ぼうけんしゃ》が孤児院にいる子供達や冒険者達、狼達に向かって怒鳴っているようだった。

「おいっ！　どうしたんだ⁉」

「みんな、何があったの？」

「クルス達か⁉　良いところに帰ってきた！」

「おいっ！　お前達！　また捕《つか》まりたくなかったら、さっさと帰れ！」

「ちっ！　仲間が来たのか」

「しょうがねぇ、一旦《いったん》引くぞ！」

なんだか良くわからないけど俺達が来たことでガラの悪い冒険者達が逃《に》げるように帰っていった。

「良いときに帰ってきたな、助かったぜ」

「疲れてるところ悪いが色々話がある」

ガラの悪い冒険者達を追い払《はら》うと冒険者組は俺達の所へやってきた。そして、この事を説明してくれるのかと思いきや従魔達を見張りとして残し、孤児院の中へ俺達を連れていった。

「みなさん、怪我は無いですか？」

「みんな、大丈夫だった？」

孤児院には院長先生と冒険者組、それと生産組が数人に従魔《じゅうま》達しかいなかった。シャルちゃんやちびっ子達はどうしたのだろうか？

「大丈夫、また逃げてったよ」

「クルス達も来て慌ててたな」

「シュウも来たから今後の事を話さないとな」

なんだか良くわからないけど話は進んで院長先生と俺、それから冒険者組や生産組の年長達で話し合う事になった。


「つまり、領主様の息子《むすこ》が新しい領主になったの？」

「いや、正確にはまだらしい。詳しくはわかんないけど国王様の許可が必要らしい」

「でもさ、色々やってんだろ？」

「まぁ、領主になるのは決まってるからな」

話は一週間ほど前に遡《さかのぼ》る。長い間病に伏《ふ》せていた領主様が亡くなってしまった。町の住人は領主様の死を悲しんでいたが喜ぶ人物もいた、それが領主の息子だ。彼《かれ》は住人が悲しんでいるのに追《お》い討《う》ちをかけるように様々な税を住人達に課した。

ガラの悪い冒険者達はここぞとばかりに領主の名前を出し暴れまわったらしい。

で、なぜ孤児院が襲われていたのかだが、どうやらここの土地が目当てらしい。内壁《ないへき》の中とはいえ中心地から離《はな》れた端《はし》なのだが建物、広場、畑とかなりの広さがある。発展中のこの町ならそれでも高値で売れるだろう。

そして、ここは院長先生が領主様から借り受けた土地である。借りたと言っても無料で、孤児院をしていれば半永久的に貸してもらえる事になっているらしい。もちろん領主が代わっても、院長先生が代わってもその契約《けいやく》は続く、はずだった。

どうやら領主の息子が領主様が寝込《ねこ》んでいる間に細工をし領主様が亡くなると同時に契約は終わったと言い始めたのだ。もちろん契約書は院長先生も持っていて勝手に変えられるわけもなく、問題だらけで話は無効と言ったのだが、相手は腐っても貴族。こちらの言い分は通用しない。この町の領主より立場が上の、この地方の領主様に頼めばなんとかなるかもしれないが、そこまで話を持っていくのは難しいだろう。そのための町の領主なのだから。

「そういえばちびっ子達はどうしたの？」

「あぁ、危ないから避難《ひなん》させてるよ」

「あいつら毎日来てるからな」

どうやらガラの悪い冒険者が来ていたのはいわゆる地上げ屋のようなもので、実力行使で孤児院の人間を追い出そうとしていたそうだ。まぁ、それもうまくいってないみたいなんだけど、何かあるといけないので子供達はクランハウスや牧場の方へ避難させたらしい。あいつらが欲《ほ》しいのは孤児院の土地なのでクランハウスは大丈夫らしい。そもそもクランハウスはギルドを通じて買ったので領主は手が出せないのだろう。

「それで、これからどうする？」

「ん〜、このまま住むか出ていくかしかないんじゃない？」

「だよなぁ……、まぁシュウ達のおかげで出ていくって選択肢《せんたくし》があるんだけどな」

「最初は俺だけど今は皆のおかげだよ」

実際孤児院の皆のおかげで冒険者業も生産業も商売も出来てるし、従魔達のお世話は任せっきりだ。

「結局は相手次第《しだい》かなぁ？」

そう、領主の息子やガラの悪い冒険者達が今後も来るようなら、やはりここを諦《あきら》める事を考えなくてはいけないだろう。

町の衛兵になんとかしてもらいたいけど雇い主《ぬし》が領主様だからどこまで対応してくれるかなぁ。いつもの門番さんに今度聞いてこよう。

「さっさと出ていけ！」

「お前らいつまで居座《いすわ》ってんだ？」

「ふざけるな！」

「お前達こそさっさと帰れ！」

「お前達、そこでなにをしている！」

「ちっ、兵士が来やがった、お前ら行くぞ」

孤児院に帰ってから早一週間。他にする事がないのかというくらい毎日ガラの悪い冒険者達は孤児院に来て大声をあげていた。そして、少しすると巡回《じゅんかい》を多くしてくれた衛兵さん達がやって来て冒険者達が逃げ出していく。これの繰《く》り返しだった。

時たま鈍《どん》くさい冒険者が捕まったりもした。孤児院だけでなく近所からも苦情はきていたのだが、犯罪行為《こうい》とまではいかないのですぐに解放されてしまうので正直千日手状態であった。

ならば次はどうするか。相手は次期領主とはいえ実際に行動しているのはガラの悪い冒険者。ならばと冒険者ギルドに相談する事になった。

しかし、冒険者ギルドはいわば職安のような所。世界的な組織とはいえ国や貴族に何かを言える立場ではないし、ルールはあっても法律ではない。例えばルールで「住人に危害を加えてはならない」みたいなのがあるが、それは当たり前の事であり、違反《いはん》しても罰金《ばっきん》程度。重い罰《ばつ》でもギルド除籍《じょせき》処分なのだがガラの悪い冒険者達はすでに次期領主の私兵となっているので除籍したとしても彼らにはなんの問題もない、むしろ自分達から辞《や》めたほどだった。


「あいつらしつこいな」

「毎日来られると孤児院で何も出来ないぞ?」

毎日毎日真面目《まじめ》?　にやってくる冒険者達にうんざりしながら話し合う俺達。

「やっぱりここを諦めた方がいいのかな?」

と結局話はここへ来てしまう。何だかんだでこの孤児院は育った家だし諦めたくはないのだが、正直どうにもならない現状。

そして、同じような毎日が過ぎ、孤児院に着いてから二週間後、事態は動き出した。

「領主様の命である、明日この土地を明《あ》け渡《わた》すように」

新領主による命令を読み上げた騎士《きし》は申し訳なさそうな顔をして帰っていった。

領主の息子はついに国王様の許可を貰《もら》い正式な領主となった。そして、強権を発動し、すぐさま孤児院に使いを出した。それが先程《さきほど》の騎士である。私兵と違い騎士はそれなりの立場であり、正式な貴族となった領主のふざけた命令でも開かなければこちらが罰せられてしまうだろう。

「ついにこの時が来ちまったか」

「渡さなきゃ犯罪者にされそうだしね」

「どんな罪よ？」

「貴族に逆らった罪、だろ？」

物一つ無い部屋で孤児院のメンバーは話し合いをしていた。すでに孤児院の中の荷物は回収し、院長先生には避難してもらっている。残っているのはいつもの四人に冒険者組や生産組の代表だけだ。

幸いなことに畑の野菜達は鉢《はち》植《う》えに移し変えることでなぜか『アイテムボックス』に入れられたので持っていくことができた。すでに牧場の方に運んであるので子供達やコボルト達が植《う》え替《か》えてくれている。

他にも物置やお風呂なんかも後から自分達で作った物なので簡単に『アイテムボックス』にしまえた。なので、今この土地にはポツンと孤児院が建っているだけである。

そして、次の日。俺達は悲しいような悔《くや》しいような気持ちで孤児院があった土地に別れを告げた。

「「「せんせー、いってきます！」」」

「はい、みんな、気をつけて行くのですよ」

孤児院を後にした次の日、子供達は院長先生にあいさつをして元気に孤児院から飛び出していった。畑の草むしりと水やりは小さい子達の仕事なので朝から皆楽しそうに出《で》掛《か》けていった。

「なんか、いつもと変わんないな」
「そうだね、まぁ、引《ひ》っ越《こ》ししただけだしね」
「普通《ふつう》は家ごと引っ越さないわよ」
「みんなげんきいっぱい！」

領主から立ち退《の》きを迫《せま》られた俺達は孤児院を諦めて出ていくことにした。俺の『アイテムボックス』や魔法の鞄、馬車や狼車などを使い孤児院の成人組で頑張《がんば》って荷物をクランハウスと牧場に運んだ。

片付けをしながらも皆孤児院を離れるのが嫌《いや》で泣いている子もいた。『アイテムボックス』に仕舞《しま》えれば良いのだが恐《おそ》らく無理だろう。物置やお風呂のように地面の上に建物があれば良いのだが、土台というか基礎《きそ》部分が地面に埋《う》まっているだろうから最低でもそこまで掘らなくては……。

そんなことを思っていたのだが、孤児院の中身を全て出した後、外から孤児院を見ていると何か違和感《いわかん》が……。試《ため》しにクルスくん含《ふく》む冒険者組に孤児院を押《お》してもらったら。

ズズズッ
動いた……？　もしかして孤児院って基礎部分がない？　皆にうまく入れられそうな所を探してもらい『アイテムボックス』にイ～ン。

入っちゃったよ。

「入ったな」

「無くなったわね」

「さすがにこれは……」

「『アイテムボックス』って便利だな」

さすがに俺も入るとは思わなかったけど、おかげで孤児院も持っていけそうだ。さすがに今建物が無くなるのはまずいので、元に戻しておく。信じてもらえるかは別にしてぴーちゃんに手紙を渡し牧場にいる誰《だれ》かに孤児院を置ける場所を確保しておいてもらおう。

で、期限当日に孤児院の建物を『アイテムボックス』にしまった俺達は牧場に向かい、孤児院を牧場に設置した。孤児院の子供達は孤児院が牧場に来たことに大喜びし片付けを手伝ってくれた。『アイテムボックス』に入ることがわかってればわざわざ荷物を仕舞う事はなかったんだけどね。

院長先生達も『アイテムボックス』の性能に驚《おどろ》いていたが、思い出のある孤児院《こじいん》が無事だったことに嬉しそうにしていた。

さて、これからどうしようかな。引っ越しは成功したけれど、町の外に出たから商売が難しくなってしまった。売上的にはそこまで困らないのだが、ご近所さんや知り合いの冒《ぼう》険者達《けんしゃたち》は色々と困るかもしれない。となると町中で商売するとなると商業ギルドでどこか屋台が出来る所を借りるかクランハウスでってなるのかな？　まぁ、その二つならクランハウスの方かなぁ。護衛の心配も無いし好きに商売出来るだろうからな。問題はクランハウスが町の端っこに在るためお客さんが来辛《づら》い事か？　その辺りはとりあえずやってみるしかないかな。

孤児院の子供達は町から追い出されてはしまったが今日も元気に孤児院での生活を始めるのであった。

さてさて、孤児院を牧場に移し替えてから早一週間。クランハウスでの商売に切り替えてどうなったかというと……あまり上手くいっていなかった。

やはり予想通り立地が良くないので人があまり来なかったのだ。対応策としてご近所さん達のために宅配のようなことをしたのだが、新領主が内壁内に入るのに税をかけた為《ため》に難しくなったのだ。

内壁、まぁ旧外壁《がいへき》なのだがそこには当然昔から抜《ぬ》け道《みち》がある。俺も初めて竜の森に行ったときにお世話になったしね。だが、あそこは孤児院の所にあるので今は使えないのだ。

そうそう、孤児院と言えば孤児院の土地は無事？　に新領主の物となった。建物が無くなったことに驚いていたそうだが気にせずに、高く売ることを考えているようだ。少し考えれば、いや、多少頭が回る人物なら消えた理由を、『アイテムボックス』の存在に関連付けたかもしれないのにねぇ……。

ちなみにこの話はご近所さんからの情報です。

話を戻《もど》すけど宅配もやり辛くなったので数日置きに配達&出店する事になった。数日置きになったのはうちとしては今までお世話になったし、入町税もそこまで高くないので毎日行くと言ったのだが、町の人達がもったいないからと数日置きになったのだ。まぁ、荷物は大量に持っていけるので安く沢山売れば今まで通りの生活でいけるだろう。

困ったのが冒険者達だ。中堅《ちゅうけん》どころの冒険者ならばうちでなくともなんとかなるが、新人冒険者にはうちの薬やポーション、武器の手入れなんかは欠かせない事になっているらしく竜《りゅう》の森で何人かから相談を受けたらしい。

確かに孤児院の冒険者は自給自足でなんとかなってるし、新しく冒険者になる子も年上の冒険者組が面倒《めんどう》を見ている。しかし、そうした繋《つな》がりが無い新人冒険者はとにかく大変らしい。

毎日の宿代に食事代、武器防具の維持費《いじひ》に薬やら荷袋《にぶくろ》やらの雑貨代。ギルドの低級の依頼料《らいりょう》だけではとてもやっていけないらしい。

そこに登場したのが俺達だ。さすがに宿代は無理だが食事や薬等は練習として作ったものを格安で販売《はんばい》したり、武器の整備も安くしてあげていた。安さの秘密は生産組の新人が作った物だからだが、料理なんかは肉入りの料理がお腹《なか》いっぱい食べられると密《ひそ》かな人気になっていたりする。

うちに来ていたのは常連さんが連れてきた新人だったから余計にサービスしたりしていたのだが、当然ガラの悪い冒険者が来たときは辛口《からくち》対応をしていたらしい。この屋台のおかげで俺達の知らぬ間に冒険者の知り合いを増やしていたそうだ。

しかし、そんな屋台が遠くへ行ってしまった。新人はギルドが紹介《しょうかい》してくれる安宿に泊《と》まることが多いのだが、そこはギルドから遠く逆に孤児院からは意外と近かったりしたので屋台にも近かった。だが、今はクランハウスに屋台があるので遠い！　新人達は安い依頼料に対応するために数や量を多くこなすことでなんとか生活している。そのため出来るだけ長く竜の森にいたい為にこの時間が勿体《もったい》ないのだ。

今までの屋台でのお客さんのほとんどはご近所さんと冒険者達だ。ご近所さんはこっちから出向くことでなんとか解決した。なら冒険者達にはどうするか。こちらもこっちから出向くことでなんとかすればいい。ということで、

「おじいさん、竜の森で屋台をやってもいいですか？」

「ん、好きにすればいいじゃろ？」

それなりの覚悟《かくご》を持って聞いたのだがおじいさんからの返事は軽くＯＫ。難しいと思っていた許可が簡単に下りたので肩透《かたす》かしを食《く》らった気がする。

「でも、いいんですか？　商売を始めたら龍《りゅう》に襲われたりするんじゃ……」

「なんでそんな事するんじゃ？　あぁ、前に門番が言っておった話か？」

そう、前におじいさんが竜の森近くに住んでいると言ったら門番の兵士さんに心配された事があった。あの時の話では竜の森を領地にしようとしたために襲われたみたいだけど、今回もある意味土地を利用するから問題になるかと思ったのだ。

まぁ、すでに牧場やら孤児院やら持ってきて今更感が凄《すご》いがあちらはおじいさんとおば

あさんと一緒に使っている面もあるからセーフだと思うけど、屋台は竜の森の正面入口でやる予定なので完全におじいさん達が関係無くなるから不安だったのだ。

「うん、襲われる心配が無いなら屋台をやりたいんだ。何をやるかは相手次第になっちゃうけど」

「良いんじゃないか？　出来れば酒場も出してほしいのう」

良いんだ⁉　なら皆に相談して色々出したいけど、なんで襲わないんだろ？　町の人に聞いた話だと商人達も竜の森近くに露店《ろてん》を出したいけど、いつ襲われるかわからないから出せないっていう話だ。子供達でも行ける森の端っこ、入口近くならモンスターは気にしなくていいが、さすがに龍が出たら大変だもんな、恐《こわ》くて店なんか出せないよ。

「そりゃ簡単な話じゃ。武器を持って襲ってくるなら迎《むか》え撃《う》つのが当たり前じゃろ。まぁ、あの時は皆やり過ぎたがのう……」

え〜っと、つまり武器を持たずに普通に住む、町を作れば問題なかったの？　いや、さすがに龍が住むところに武器を持たずには行けないからしょうがなかったのか？

とにかく、普通に屋台を出すのは平気みたいだから皆と相談しよう。いつかは俺達の真似《まね》をして店を出す人が出るかも知れないけど、こっちはおじいさんのお墨付《すみつ》きだから安心して商売をしよう。

ということで、はい！

次の日早速《さっそく》露店を出してみた。何を売るか、何が売れるかはやっているうちにわかるだろう。露店自体は今まで使っていた物をそのまま使っているのでこちらも今後改良するかもしれない。

竜の森に出店するにあたり、何が売れるか考えたところ、冒険者組から食料の話が出たのでハンバーガーというかサンドイッチというか、具をパンで挟《はさ》む商品を作ってみた。具体的にはカツサンドやステーキバーガーなのだが具材は今後の課題かな？

保存食ではないが持ち運びやすく片手で歩きながらでも食べられるので予想以上に売れることとなった。特に新人達には肉も食べられ食《た》べ応《ごた》えもあるので喜ばれた。

また、新人達には買取りというか物々交換《ぶつぶつこうかん》で買い物出来るようにした事も喜ばれた。一抱《ひとかか》えの薪《まき》で食事一つと交換したのだが、竜の森からの帰りに拾えるからと大量に持ってきてくれるのだ。

新人達ばかり利用するかと思ったのだが、意外とベテラン勢にも出店は喜ばれた。食事はもちろんだが買取りが特に喜ばれた。相場より高く買うことは出来ないのだが、持ち帰るのが大変な大物なんかを仕留めた時は手間を考えると便利なのだろう。おかげで食事のボリュームが上がったので新人達も感謝してほしいところだ。

さて、屋台関係については一段落ついたのでお次は孤児院の方をなんとかしようかな。孤児院を町から持ってきたのはいいのだが、ここは竜の森のすぐ近く。竜の森の端っことは言えモンスターは出る。たとえそれがホーンラビットやグレイウルフ、ファングボアやゴブリンだとしてもだ。

ホーンラビットやグレイウルフはミュウや子狼《おおかみ》達の種族なのでかなり強そうに感じるが、あれはクイーンに特訓させられたからであり、普通の冒険者なら苦戦せずに倒《たお》せるレベルである。

普段牧場に来ている子達はそれなりに成長し、ある程度戦えるようになってから来ている。ここはおじいさんの結界があるし、狼達やコボルト達が見回りをしているのでモンスターに襲《おそ》われた事はないが、孤児院にはチビッ子達がいるので今まで以上に用心しなければ。

「で、どんな柵《さく》を作るんだ？」

まずはありきたりではあるが実績のある塀《へい》を作ろうとしたのだが、でかい塀を作ると陽《ひ》当《あ》たりや塀の向こうが見えなくなるので、頑丈《がんじょう》な柵を作る事になった。そして、こういうのは専門家に任せるのが一番なので木工組に仕事を依頼《いらい》した。

「なるほど、とにかく頑丈に作るか。後は隙間《すきま》も小さくした方が良いな」

「……そうだね。隙間から抜け出して竜の森に行く子がいるかもしれないしね」

まったく、孤児院を抜け出すなんて悪い奴《やつ》だな。

俺《おれ》は『アイテムボックス』から柵に使えそうな木材を出していく。

「キャンキャン」

「ワフッ」

皆《みな》で柵を作っているとコボルト達がやって来て何かを訴《うった》えだした。直接はわからないので近くにいた狼に通訳してもらったところ、柵の近くに罠《わな》を仕掛《しか》けてくれるとのこと。子供が引っ掛かると危ないけれど罠によっては有効なので、お願いしておいた。

その後もジェスチャーでコミュニケーションを取りながら木工組とコボルト達は防衛設備を作っていった。一週間ほどすると完成形が見えてくるのだが、ごちゃごちゃしすぎてよくわからない状態になっていた。

孤児院の子達や冒険者組には近づかないように言っておかないとな。

「ウォンッ！」

「「「「ウォンッ！」」」」

子供達や冒険者組に説明しているとしばらくの間どこかへ行っていたクイーンがやって来た。……新しい狼達を連れて。って、クイーンまた狼を配下に加えたの？　えっ？　出産した狼がいるからその補充《ほじゅう》？　でも、それって赤ちゃんが育ったらかなりの数の狼の群れになるんじゃ……。それ以前にクイーンはどこまで狼達を増やすつもりなの⁉

まぁ、防衛戦力が増えるのはありがたいから良いのだが、餌《えさ》とかは平気なのかな？


このまま木工組やコボルト達に牧場側にも柵を作るようにお願いし、俺は久しぶりに屋台に向かった。そして、やって来たのだが、

「薬草買取りしてま～す」

「ポーションいかがっすか～」

「モンスターの素材引き取りま～す」

予想以上に混雑していた。うちのように屋台を作るわけではなく、ゴザを敷いただけとか、地面に直接座《すわ》ってたり、馬車をそのまま店代わりにしたりと色々あるが、パッと見ただけで10以上の店があった。見てわかると思うけど、地べた系のお店は行商とか新人とか

なんだろう。熊《くま》の行商人との出会いがそうだったように、仕入れがうまく出来なかったから真似をしてここで商売を始めたんだろう。今までなんでやらなかったのかわからないくらい盛り上がっているのでこれからのここがどうなっていくのかちょっと楽しみだ。


「薬草は大手がみんな買い占《し》めてて全然買えないんですよ」

「町に入る為の税金がまた上がったんでキツいんだ」

「ポーションも全然仕入れられないぞ」

「ここで冒険者から直接買えればいいけどモンスターが来たらちょっと恐いから……」

　俺達は今情報収集という名の昼食会を開いていた。基本的にここの屋台村は竜の森に向かう冒険者と町へ帰る冒険者に向けた品揃《しなぞろ》えなので忙《いそが》しいのは朝夕で昼はわりと暇《ひま》なのだ。そこで他《ほか》の露店の商人に声をかけてお昼を奢《おご》るついでに情報収集しているというわけだ。

　聞いた情報はほとんどが知っていたり予想通りなものばかりだったが知り合いが増えたので良しとしよう。

「しかし、そのグレイウルフ達はいったいどれだけいるんだ?」

「えっと、結構な数いるかな……」

話の中で狼達の話になった。というのも彼らがここに露店を開けたのも狼達という目に見える戦力があったからだ。森の入口といえどモンスターは出る。といってもホーンラビットやうちのグレイウルフなんかがほとんどだ。なら最低でもグレイウルフがいるここでならモンスターに襲われても互角《ごかく》以上に戦える。そう考えたみたい。まぁ、他力本願過ぎるとは思ったがうちの狼達はクイーンに鍛《きた》えられてそうとう強くなってるから期待してもらっても問題ないだろう。

「うちの方はワインが美味《うま》いぞ！　生産量が少ないから少し高めだけどな」

「共和国は気を付けた方がいい。油断すると金をむしり取られるぞ」

「帝国《ていこく》は実力主義だからな、従魔《じゅうま》を連れていくなら気を付けるべきだ」

商人達もタダで守ってもらうつもりはなかったようで代わりに色々と情報を教えてもらった。故郷の名物やお酒の情報、近隣国《きんりんこく》の情報も教えてもらった。以前は港町で聞いた事だが別方向からの情報も参考になるだろう。

そんな昼食会兼《けん》情報交換会《こうかんかい》をしていると時たま冒険者が交ざる時がある。彼らからも冒険者目線での情報を教えてもらえた。

そうしてのんびりと商売をしていると少しずつお店も増えだし、お店が増えれば利用する冒険者も増えだし、ちょっとした市みたいだったものが段々大きくなっていった。

大きくなった事で泊まり込みで仕事をする冒険者も増えてきた。うちも含め商人達も野宿していたのが原因だろうけど、ここで簡単な買取りや買い物が出来るおかげで町に戻る時間を森での探索《たんさく》に使える為にそこそこの人数が泊まっていた。特に新人には安宿も野宿もそんなに変わらないのだろう。

で、泊まる人間が増えれば晩御飯《ばんごはん》が必要になり、うちのパンは持ち帰り主体なのでその場で食べられる肉串《にくぐし》やスープを出し始めた。食材は近場にゴロゴロあるので町で出していた時よりも肉が大きいのは冒険者にとっては良いことだろう。

「ほれ、お前達もしっかり食わんか！」

「は、はいっ！　いただきます！」

「お前ら、呑《の》んどるか⁉」

「おう、爺《じい》さんも呑みすぎるなよ」

泊まり込みということで夜はおじいさんの要望通りお酒を出すことにした。さすがにこんな所で泥酔《でいすい》されても困るのでアルコールは弱めの物がほとんどなのだが、おじいさんは毎日呑みに来ていた。

毎日騒《さわ》いでるのもあるがおじいさんは面倒見《めんどうみ》が良いので新人にはご飯を、ベテランにはお酒を奢ったりしているので人気者というか、名物になったりしていた。

数日もすればおじいさんの剣術《けんじゅつ》教室のようなものまで開催《かいさい》されていた。

ところでおじいさん、その肩《かた》を組んで呑んでいる見るからに強そうな方達は誰なのでしょう？


「おさけだよ～！」

「お、おかわりです……」

飲み食いしているおじいさんの周りを妹ちゃんとサクヤちゃんが給仕《きゅうじ》をしながら走り回っている。お客さんの半数以上が冒険者なので酔《よ》っぱらって暴れられて怪我《けが》でもしたら困るので戦える子が給仕をしているのだが人手が足りないので妹ちゃんとサクヤちゃんにお手伝いを頼《たの》んだのだ。まだ成人もしてないから心配していたが、

「サクヤ～次は別のお酒を持ってきておくれ」

「お嬢《じょう》、こちらには肉サンドをお願いします」

「あのお嬢がこんなに走り回るなんて……」

「いつの間にか友達まで……」

おじいさんと謎《なぞ》のおじさん達が二人を専属にしてしまって離してくれなかったのだ。妹ちゃんは楽しそうだけどサクヤちゃんはすごく緊張《きんちょう》しているな。というか、お嬢ってサクヤちゃんの事かな？　ならあの人達はおじいさんやサクヤちゃんの知り合いなのかな？　おじいさんとサクヤちゃんの知り合いって事は……。深く考えないようにしよう。あれはベテラン冒険者だ。


「ここもけっこう大きくなったな」

「そうだね、隠《かく》れ里《ざと》より人が多いかもね」

最近忙しくなった屋台を皆で手伝っているのだが日に日に屋台や露店が増えてきていた。最初は買取りや消耗品《しょうもうひん》の販売のお店ばかりだったが、今は武器防具を売る店や飲食店、果ては宿屋代わりのテント村まで作られていた。

これはやっぱりフレイの町の税金が原因だろうなぁ。初めのうちは町に入るための税金だけだったが、最近では露店や屋台を出すのに税がかかり、売り上げに対しても税金を取ろうとしているらしい。今は商業ギルドが反対しているので取られてはいないが、ここに来ている商人達の話では時間の問題だろう、とのことだ。

そうなると、資金力の少ない行商人なんかは直接こっちで取引しようとする。元々町での仕入れも難しかったから丁度良かったのかも知れないが、色々な品物が売っていて面白《おもしろ》い市になってたりする。たまに商業ギルドの人を見かけるから出張所みたいなのがそのうち出来るかもしれないな。

新領主は冒険者に対しても税金を掛け始めたらしい。冒険者が獲物《えもの》を狩《か》っても、町に入るのに税金を払い獲物を持ち込むのに税金を払い、ギルドに売る際にも税金が掛かりそうだったのだが、ギリギリ冒険者ギルドが阻止《そし》したらしい。その為、冒険者達はギルドの依頼やランクアップに必要な物以外は森の市で売るようになっていた。

こちらでも冒険者ギルドの受付のお姉さんや解体担当のおじさんなんかを見かけるようになったので冒険者ギルドの出張所が出来そうである。

とまぁ、これだけお店が揃《そろ》えば冒険者達も無理に町に帰る必要が無くなり、その時間を探索に使え、大物を仕留める冒険者パーティーも増えて良いことが連鎖《れんさ》していた。もちろんその大物も入口で買取りするので冒険者的に手間が省けて喜ばれていた。

竜の森がこれだけ栄えると当然フレイの町は廃《すた》れるまではいかないが賑《にぎ》やかさは無くなっていた。竜の森の原因は俺達かもしれないが、フレイの町の原因は新領主の政策にもあるだろう。今はまだ大丈夫《だいじょうぶ》だが一揆《いっき》とか起きないよね？

第4章 急襲

それから一ヶ月ほどすると竜の森の市場は竜の森の村になっていた。モンスターに襲われることがほとんど無いとわかると大商店などもお店を出すようになった。彼等はテントや馬車ではなく大工を呼んで小屋を作り商売を始めていた。

商業ギルドと冒険者ギルドは共同で建物を作り簡易的に手続きが出来るようになった。これには新人冒険者が喜んでいた。ベテラン冒険者的にはあまり旨味《うまみ》は無いかもだけど、情報収集の点では出来て良かったみたいだ。

大商店やギルドが出店すると彼等が主導して柵を作り始めた。今までモンスターに襲われなかったといっても竜の森のすぐ側《そば》なのでいつ襲われてもおかしくないからね。といっても本格的な物は手間もお金もかかるし気休め程度なんだけど、無いよりはましだよね。

こうやって集まりができかくなると必要になってくるのが代表だ。集落や村ならば長老や村長のような存在が必要になる。一応ギルドが中心になって柵作りは進んだが、彼等は補助組織みたいなものなので代表にはならないだろう。かといって大商店が代表になると今まで店を出していた若手商人達が嫌がるだろう。

「というわけで、ここの代表をしてくれないだろうか？」

場所はうちの休憩所《きゅうけいしょ》。うちも早いうちから大工組が張り切って販売所《はんばいしょ》に食事処《どころ》とここで一番立派な建物を作っていたりする。なのでちょっとした集まりのときにはうちが集会所代わりになっていた。

「でも、なんでうちに？」

対応しているのは商人組の子。ここにいるのは商業ギルド、冒険者ギルドの人に大商店の人に冒険者が数人、最初の頃《ころ》から店を出していた人が数人だ。うちは商人組の子だけの予定がなぜか俺も連れてこられていた。

「まぁ、最初にお店を出していたからかな。他の人だと色々都合が悪くてね、君たちなら皆納得《みななっとく》してくれるんだよ」

あぁ、若手が代表になると大商店からの圧力があって、大商店の誰かがやると若手が「後から来たくせに」とか言うのかな？

うちはギルドには入ってるけど一般《いっぱん》のお店とは違《ちが》ってほぼ独立してるから大丈夫なのかな。うちは商人に売ることはあっても買うことは少ないからな。ただ、代表になっても若い子ばっかりだから難しいと思うんだけどなぁ。

「もちろん我々ギルドも手伝うしここに来てもらった商人や冒険者にも手伝ってもらうつもりだから負担はそんなにないはずだ」

ということは実際働くのは大人達って事か。ならうちが代表になる必要がない気もするが、それが出来ないからうちに来たんだろう。

「あとは恥《は》ずかしい話なのだが君たちの従魔にも期待しているのだよ」

確かにいつの間にか狼達がここを交代で警備し始めていたりする。たまに獲物を咥《くわ》えたままやって来てまわりの人間を驚かせて、何度か謝《あやま》る羽目になったりしていた。それを見て防衛力として従魔の力を借りようというのだろう。冒険者の力を借りるとお金がかかるからね……。いや、うちの従魔達の力をただで借りようとするのはどうなんだ？　とは思ったが、どうやら定期的に狩りをしてくれればいいとのこと。それなら問題ないかな？

「もちろん何かあったときに君たちに責任を取ってもらうなんて事もないようにする。どうだろうか？」

ん～、これは代表というか会議の議長って感じなのかな？　面倒がなければやっても良いんだけどね。
その後、孤児院で話し合ったら院長先生が代表になってくれることになった。ギルドの人や大商店の人達は院長先生の突然《とつぜん》の登場に驚いたが、院長先生なら安心だと喜んでくれた。そのうちこの場所も孤児院村とか呼ばれたりして。

その後もこの場所での商売は順調にいった。大商店も買い占めなどをせず、大物の獲物の取引や大口の取引などを担当し、新人や行商人達は数は少ないが仕入れもしっかり出来るようで露店の集まる場所は定期的にお店が変わっていた。
さすがに宿は作るのが戸惑《とまど》われたのか未《いま》だにテント村だったが、食べ物の屋台はたくさん増えた。ただ、野菜が少ないのが少し気になるかな。

どこかの景気が良くなれば代わりにどこかの景気が悪くなる。竜の森の市場が賑わえば賑わうほどフレイの町の活気は失われていった。もちろん最低限の経済は回っているはずでうちも大商店の人達も日用品や食料品なんかを町で販売している。しかし、そういった物にまで新領主は税を掛けているので町に住んでいる人達の生活は少しずつ苦しくなっているそうだ。


「どうやら領主が兵を集めてるらしいぞ」

「ギルドにも依頼して冒険者を集めようとしたらしい。まぁ、ギルドに断られて出来なかったみたいだけどな」

「なんのために集めてんだ？」

「そりゃあ、ここを支配するためだろ？　ここが出来てからあの町は住み辛くなったしな」

夜の屋台を手伝っているとギルドの人達や冒険者達が酒を呑みながら色々な情報を話していた。明らかに声が大きいのは院長先生に伝えろってことなのかな？

ならばとサービスでお酒やつまみを出すと色々と教えてくれた。

聞いた話を纏《まと》めるとこんな感じか？

竜の森の市場が大きくなったからか、重税のせいか、どちらが原因かは微妙《びみょう》なところだが、町の収入が落ちてきた。領主にしてみれば原因は市場なのだろう。そして領主は考えた。竜の森の市場を支配しようと。領主は兵を集め竜の森に向かおうとしたが、ほとんどの兵士が「戦争でもないのに人間相手に戦えない」と反対したそうだ。

雇《やと》い主《ぬし》の領主にそんな事してもいいのかと思ったが、数が多いために処罰《しょばつ》も出来ないんだろう。

兵士が使えないならと私兵を集めたのだが、こちらは人数が少ない。話によると30人位なので質にもよるが竜の森の市場を制圧するには足りないだろう。主な原因は狼達なのだが……。

で、足りない戦力を冒険者を雇って補おうとしたようなのだが、「緊急時《きんきゅう》でない限りそのような依頼は受けられません！」と冒険者ギルドに断られた。情報源は冒険者ギルドなので間違《まちが》いないだろう。

まぁ、確かに戦争でもないのに集落を襲うから手を貸せと言われて「はい！」なんて言う冒険者はいないよな。むしろ戦争を仕掛けるようなもんだ。

で、兵が足りない領主は町のゴロツキを集め始めたって話だ。ある程度集まったら何かしら動きがあるかもな。

そんな情報収集をした数日後、早速《さっそく》動きがあった。領主からの使者がやってきたのだ。使者は昔から領主の下で働いていた為、院長先生やギルドの人達、商人達のなかにも知っている人がいる人物だった。

「大変申し訳ないのですが、これが領主様からの手紙になります」

本当に申し訳なさそうに使者は院長先生に手紙を渡《わた》した。それを読み、使者以外のメンバーで話し合いをした。それから返事を使者に渡し、使者は帰っていった。使者は何度も頭を下げて帰っていった。

「結局何しに来たんだ？」

使者が帰ると孤児院の仲間が集まって何があったのかを聞いてきた。俺は隠れて聞いていたので詳《くわ》しいことはわからないが、領主が税金を払《はら》えと言ってきたみたいだった。

「なんで税金なんか払わなきゃいけないんだよ！」

「領主が言うにはここは領主の土地だからだって」

「ん？　なぁ、前に門番のおっちゃんがここはどこの土地でもないって言ってなかったか？」

おおっ、クルスくんよく覚えてたね。

「そう、ここはアーゲイル王国の土地じゃないよ。ギルドの人にも確認《かくにん》したから間違いない。でも、誰の土地でもないなら自分の土地だって言うことも出来ちゃうんだよね……」

「じゃあ税金を払わなきゃいけないのか？」

「いや、国が領土として認めてないのに払う必要は無いよ。無いんだけど、何をしてくるかわからないからなぁ……」

俺達の不安は数日後、現実となって現れることになった。


「なぁ、俺達これからどうなるんだ?」

「やっぱり戦わなきゃいけないのかな?」

俺達は、いや、竜の森の市場は今領主軍に囲まれていた。領主軍といってもほとんどが私兵や町のチンピラなのだがこうなってくると領主、いや貴族との戦いを覚悟しなければいけないだろう。


使者が来てから数日後、領主が私兵を引き連れて市場へやって来た。目的はもちろん市場を支配し金を巻き上げる事だろう。市場の人達はフレイの町の住人やギルドの人達からの情報ですでに避難《ひなん》していた。避難といっても竜の森に身を隠しているだけなのだが。竜の森の入口近くならあまりモンスターは出ないのだが一応冒険者に護衛してもらったりしている。

俺達《たち》も避難出来れば良かったのだが、避難した人達と違い孤児院《こじいん》含《ふく》めて森近くに暮らしているので市場が支配された後、孤児院や牧場の方に気付くのも時間の問題かもしれないので子供達に被害《ひがい》が及《およ》ばないように市場で対処することになった。まだ孤児院や牧場は領主達にバレてないはずだからね。

対処といっても戦いになる可能性が大きいのでここにいるのは戦える子達だけだ。そのほとんどは冒険者組だが、年長の生産組も院長先生の護衛として来ていた。危険だと言ったのだが市場の代表だから、子供達だけを危険な目に遭《あ》わせるわけにはいかないと院長先生も市場に残っている。

残っているのは孤児院組だけではない。商業ギルド、冒険者ギルドの人も何人か残っている。彼等《かれら》は国に関係のない組織のため、領主に襲われたという証人になるために残ってくれたのだ。まぁ、証人になるためには生き残らなければならないんだけど、冒険者の護衛も何人かいるのでなんとかなるだろう。というかなんとかしてほしい。

領主達が武装して来るというのは色々なルートから情報が来ていたので市場の中、柵の内側に冒険者組と従魔達が陣取《じんど》って待ち構えていた。弓を射られたら簡単にすり抜けちゃいそうだけど、そのときは魔法《まほう》で土壁《つちかべ》を作ったりすればいいだろう。

領主軍は市場から50メートルほど離《はな》れた位置に陣取った。戦争ならもっと離れた所に陣取るのだろうが市場を制圧するだけだし、そもそも人数も50人位しかいないのであまり離れる必要性がない。というか従魔を合わせたらこちらの方が人数が多くなるんだけど領主軍はなんとかなると思ってるのかな？

しかし、集まった領主軍、なんか統一感がないなぁ。剣《けん》や槍《やり》なんかは同じのを使ってるみたいだけど鎧《よろい》なんかはバラバラだ。兵士や騎士《きし》の姿は無いみたいだけど領主として大丈夫なのか？

「最後通告だ！　ここは我《わ》が領地、我が領の法に従うのだ！」

領主軍を見ているといつの間にか人が出てきて大声を出していた。領主ではないから大声が得意な人なのかな？　こちらからはギルドの人が出て拒否《きょひ》の言葉を言っている。

「こんなもんさっさと壊《こわ》しちまえばいいんだよ！」

お互《たが》いの代表が大声を出しあっていると領主軍の端《はし》の方で何か聞こえたと思ったら何人かが攻《せ》めてきた。端の方は私兵ではなくチンピラなのだろう、自前の武器を手に柵へ近づいていった。

「「「「ガルルルルッ！」」」」

チンピラが武器を振《ふ》り上げた瞬間《しゅんかん》柵の中から狼達が飛び出し一瞬《いっしゅん》でチンピラを倒していた。

「な、なんだ⁉」

「ちっ！　グレイウルフか⁉」

「お前らそんな狼なんざ殺しちまえ！」

チンピラが倒された事に怒《おこ》った領主軍はこちらに向け攻撃《こうげき》をしようとした。

「ワォ～～～～～～～～～～～ン！」

その時クイーンが大声で吠《ほ》えた。クイーンが吠えるとどこに隠れていたのか狼達が領主軍の横から現れて領主軍を半包囲してしまった。

「なっ！　なんでこんなにたくさん狼がいるんだ⁉」

「か、囲まれたのか？」

「ちきしょう！　どうすんだよ！」

「狼なんざ、何匹《なんびき》いたって問題ないだろ！」

ただでさえ市場に同じくらいの数の狼がいたのに新たに現れた狼によって倍近くの人数差になった領主軍は慌《あわ》てだし、焦《あせ》った領主によってクイーン率いる狼達と全面戦争開始！と思った瞬間、突然腹の底に響《ひび》く巨大《きょだい》な鳴き声が竜《りゅう》の森に響き渡ったのである。

「な、なんだ⁉」

「ちっ、狼どもの仲間か⁉」

「「「「グルルルッ！」」」」

突然の何かの鳴き声？　に領主軍はこちら側の増援《ぞうえん》かと警戒《けいかい》し、クイーンや他の従魔達は自分達以外の存在に周囲を警戒し始めた。

一触即発《いっしょくそくはつ》だった状況《じょうきょう》が何かの鳴き声に警戒し、こちらも領主軍も動きが止まってしまった。

「「「「グキャオオォォォン！」」」」

すると、今度はさっきよりもハッキリと何かの鳴き声が聞こえてきた。声は遠くから聞こえたのだがなんとなく空から聞こえた気もする。領主軍だけでなくこちら側の冒険者《ぼうけんしゃ》組やギルド関係者達も不安そうな表情で周囲を見回した。

「くそっ、なんの鳴き声なんだよ！」

「ん？　なんだ、あれ？」

「あん？　雲だろ？」

「ちげぇよ、鳥だろ？」

「ば、ばかやろぅ！　あ、ありゃワイバーンだ！」

領主軍の一部から「ワイバーン」との声が聞こえたので、その声に反応した人は皆上を見上げた。すると上空を何かが飛んでいるように見えた。確かにシルエットは鳥に見えるが鳥にしては大きすぎる気がする。ワイバーンはおじいさんがたまに狩っているので俺《おれ》達を含めて孤児院の子達も見たことはある。だからか近くの冒険者組からは「本当だ、ワイバーンだ」などと呑気《のんき》な声が聞こえてきた。

しかし、ギルド関係者は違う。彼等はワイバーンの恐《おそ》ろしさを知っているからだ。冒険者組はワイバーンの死体、というか素材しか見たことがなく、生きたワイバーンを見るのは初めてだ。まぁ、ギルド関係者の中にも初めて見る人はいるだろうが、ギルド関係者はきちんとワイバーンの恐ろしさを知っている。というか、竜の森近くに来る上でワイバーンの恐ろしさを知らないわけがない。

しかし、孤児院の子達はおじいさんが何度もワイバーンを持ってくるのでいまいちワイバーンの恐ろしさを知らなかったのだ。むしろ「弱いのでは？」と思っている子もいるかもしれない。そこにワイバーンを見た時の反応に差が出たのだろう。

「おいっ、なにしてる！　逃《に》げるぞ！」

「えっ？　えっ？　逃げるってなんで⁉」

焦った様子でギルド関係者は避難を促《うなが》すが孤児院組はなんで逃げるのかわからず戸惑っ

ていた。

「なんでって、ワイバーンに襲われたらここにいる連中は全滅《ぜんめつ》するぞ！」

ギルド関係者や護衛の先輩《せんぱい》冒険者からの声にワイバーンの恐ろしさを理解した孤児院組は慌て出す。

「おいシュウ、早く逃げようぜ」

「おにいちゃん、はやくいこう！」

クルスくんや妹ちゃんもまわりに影響《えいきょう》されて急いで逃げようとしていた。避難するならばクイーン達も避難させようと指示を出そうとしたのだが、気づくとクイーン達は警戒する対象を領主軍だけにしていた。どういう事かわからないが最も警戒すべきワイバーンを見ようと空を見るとワイバーンの影《かげ》が10以上に増えていた。確かに鳴き声は複数聞こえていたので一匹《ぴき》ではないと思っていたが、これだけの数のワイバーンが現れるとは……。

というか、なんでクイーン達はワイバーンを警戒しないんだ!?

クイーンに確認しようとしたら、そのタイミングでワイバーン達が降下してくるのが見えた。

「皆、逃げろー！」

誰《だれ》の声かはわからないが迫《せま》るワイバーンに妹ちゃんを抱《だ》きしめて伏《ふ》せるだけで俺は精一《せいいっ》

杯《ぱい》だった。

「「「グルォォォォォォォ」」」

腹に響く鳴き声と共にワイバーン達が迫り来る。目を瞑《つぶ》り地面に丸くなっていると、ものすごい風と共にワイバーンが上を通りすぎるのを感じた。

顔をあげ辺りを見回すと「うわ～」とか「きゃ～」といった悲鳴は聞こえるが何かがぶつかったりする音や呻《うめ》き声《ごえ》なんかは聞こえないので怪我人《けがにん》はいないと思いたい。

肝心《かんじん》のワイバーンはどうしたのかと探してみると領主軍を追いたてて遊んでいるように見える。その気になれば簡単に倒せるはずなのに領主軍の上空を飛び、市場から追いたてているようにも見えた。

「う、うわぁぁぁ！」

「に、逃げろ！」

「ちくしょう～！」

追いたてられた領主軍はバラバラにフレイの町へと逃げていった。ある程度離《はな》れていくとワイバーン達は口から何かを出していた。それは白く輝《かがや》く光線のような物だったり、目に見えない風の塊《かたまり》？　のような物だったりした。

「す、凄《すご》い！」

「あれはなんだ？　魔法か？」

「もしかしてブレスってやつじゃないか？」

「ブレスってドラゴンブレス？」

最初は怖《こわ》がっていた孤児院の子達はワイバーンがこちらに攻撃してこないと気づくとワイバーン達を観察し始めた。ギルド関係者の護衛の冒険者達はワイバーンの攻撃を観察してるみたいだった。

そうか、あれはドラゴンブレスっていうのか。って、ドラゴン？？？　あれ？　ワイバーンってドラゴンだったっけ？　俺はワイバーンをじっと観察した。すると、『鑑定《かんてい》』が発動した。


『風竜』


って、ワイバーンじゃなくて竜じゃん！　あぁっ！　よく見ると身体もいつも見てるような皮じゃなくて鱗《うろこ》が付いてる！　それにワイバーンよりも全然大きいじゃん！

「みんな！　あれ、ワイバーンじゃなくて風竜だよ！」

「何⁉」

「えっ？　えっ？　ワイバーンじゃないの⁉」

「龍《りゅう》⁉」

俺《おれ》が『鑑定』を使える事はみんなわかっているのでワイバーンでない事はどうやら皆《みな》に伝わったと思う。確かにワイバーンなら見る機会はあるだろうが、風竜や風龍を見たことのある人はほとんどいないらしいので、鳥の形の大型モンスターをワイバーンだと勘違《かんちが》いしても仕方がないと思う。俺達も竜を見るのは初めてだから言葉だけで『風竜』と伝わったかは微妙だ。

しかし、ワイバーンだと思ったモンスターが風竜だったからといって、俺達は何も出来ずにいることに変わりはない。周囲を警戒しながらギルドの人達と怪我人がいないか確かめながら風竜達を見続けた。

「お、お前達、ワイバーンくらいさっさと倒《たお》せ！」

「なっ、無理言わないでください！　ワイバーンにこの人数で勝てるわけないじゃないですか！」

「うるさい！　お前達は黙《だま》って私の言うことを聞いてればいいんだ！」

俺達は風竜に攻撃されていないから落ち着いて状況を把握《はあく》する事が出来たが、現在進行形で風竜に襲《おそ》われてパニックに陥《おちい》ってる領主軍にまともな判断は出来ないようだ。というか、ほんとにワイバーンだったら勝てるつもりなのかな？　おじいさんがポンポン狩ってくるけど素材が高く売れるって事はそれだけ貴重、手に入りにくいってことだ。その手に入りにくいってのはワイバーンが強いから倒すのが難しいということ。そんなワイバーンを倒せって領主軍じゃあ無理でしょうに。

だが、私兵やごろつきはほとんど逃げ出してしまったが、側近らしき人物達は領主の命令に嫌々《いやいや》ながら従い風竜達に攻撃しようとした。

「グルゥゥゴァァァァァァ！」

その時竜の森から今まで以上に腹に響く鳴き声が聞こえてきた。

鳴き声の主は竜の森、いや龍王山《りゅうおうさん》の方から飛んできて腹に響く声を上げながら近付いてきた。間違いない、あれはきっと風龍なんだ。シルエットは風竜に似ているが風竜に比べて一回りも二回りも大きいし、近づくにつれて迫力《はくりょく》というか威圧《いあつ》感がある。

風龍はちらりとこちら、市場の方を見ると領主軍の方に向かった。近くを通った時に見たが風竜よりも鱗が輝いてるのが印象的だった。というか、風龍が何匹もいるんだがなんでこんなにたくさん来てるの⁉　風龍って事はおじいさんが関《かか》わってると思うんだけど……。

まわりを見てみるとさっきの風竜よりも強そうな風龍の登場に皆口を開けたままポカー

ンとしている。だが、襲われる領主軍はたまったものじゃない。

「なんだ⁉　仲間か？」

「ま、まさか、竜か⁉」

「そんなバカな！　なぜ竜が出てくる！」

竜と龍の違いはわからないが、領主軍は風竜をワイバーンと勘違いしているので風龍が風竜になっているようだ。まぁ、竜を倒すのは生半可な事ではないと以前ギルドの先輩冒険者に聞いたことがあるので、ワイバーンだけでなく竜（実際には龍）が出たことに領主軍の心情は絶望的だろう。

風竜達は散り散りに逃げた私兵やごろつき達を追いかけ回しているが、風龍は領主と側近達に狙《ねら》いを定めたようで光るブレスや風のブレスで追いかけ回していた。正直風龍に感じる強さからしてブレスを直撃《ちょくげき》させれば簡単に領主軍を倒せそうだが、直接狙わないって事は殺さずに追い払ってくれてるのかな？

領主達を追いかけ回している風龍だが、一際《ひときわ》大きい風龍がチラチラとこちらを見ながらブレスを吐《は》いていた。何かあるのかと辺りを見回すが何もない。

「おにいちゃん、ちっちゃいりゅうだよ！」

妹ちゃんに言われ、上を見ると明らかに小さな『風龍』が飛んでいた。『鑑定』で確認

したので間違いないのだが、風竜が成長し進化すると風龍になると思っていたので風竜より小さい風龍がいると見た目で判断がつかないので困りそうだ。

「小さくても龍は格好《かっこ》いいな！」

「お～い！」

いくらこちらに攻撃してこないからってクルスくんも妹ちゃんも油断しすぎじゃないかな？　って、あの小さい風龍、妹ちゃんが両手を振ってるのに反応して翼《つばさ》を振っていないか⁉　……もしかして、あのちっちゃい風龍ってサクヤちゃんか？　となると、あっちの一際大きいチラチラとこちらを見てる風龍はおじいさん⁉　まさか風龍の姿になってもサクヤちゃんに良いところを見せたいの？

「こんなのやってられるか！」

「こんなところで死にたくねぇ！」

「領主様、ここは一旦《いったん》引きましょう！」

「う、うむ、そうだな！　戦略的撤退《てったい》だ！」

俺がおじいさんとサクヤちゃんらしき風龍を見つけている頃、領主軍に動きがあった。撤退、いや、尻尾《しっぽ》を巻いて逃げ出したのだ。さすがに風龍に追いかけ回されるとどうしようもないんだろう。俺が同じ立場でも当然逃げる。逃げられるかどうかは別にして。

ただ、風龍も風竜も領主軍を殺そうとはしてないようなのでなんとか逃げられるだろう。もちろん無傷とはいかずドラゴンブレスに吹《ふ》き飛ばされて骨折とかしてるのがちらほら見えた。

「俺達助かった……のか？」

「今のは竜、ですよね？」

逃げる領主軍にそれを追って風龍達が行ってしまうと残された俺達は一息ついた。俺を含め数人は感じなかったみたいだけど、ほとんどの人は風龍達のプレッシャーにダウン寸前のようだ。風龍達のおかげで領主軍を追い返せたが、風龍達のせいで市場から撤退してしまう人達も出てしまうだろう。俺達は孤児院があるのでここから動けないので頑張《がんば》るしかないが風龍を怖がっていた子達のケアをしっかりしないとな……。

「風竜すごかったな！」

「あぁ、後から出てきたのはもっと凄かったけどな」

「確かに。あれに襲われてたら俺達も簡単にやられただろうな」

冒険者組は風龍達が去ってからも興奮して感想を言い合っていた。逆にギルド関係者達は真剣《しんけん》な顔で今後について話し合っている。風龍達が来た原因は十中八九おじいさんのせいだと思うのだが、皆におじいさんの正体をばらしてないのでどのように大丈夫だと言えばいいのか考えてしまう。

「風竜がなぜ来たのか、なぜ領主軍に向かったのか、なぜ私達を無視したのか、謎が多い出来事ですね」

ギルド関係者が一人こちらにやって来て現状確認をし始めた。

「それにこれからも私達を襲わないとは限らないので森にいる人達は風竜達が山に帰るまではこのまま隠れてもらいましょう。私達も避難した方が良いのですぐに準備してくださ い」

あぁ、そうか、風龍達は領主軍を追いかけてフレイの町の方向へ行ったから戻《もど》ってくる可能性が高いのか。おじいさんが指揮してたから襲われる事は無いだろうけど普通《ふつう》は逃げるか。

俺達は指示に従い荷物をまとめて森に避難した。

「りゅうさんばいば〜い!」

よく見たらサクヤちゃんらしき風龍がまだ見える所にいて妹ちゃんが手を振ってお別れしていた。風龍も返事代わりか一回転してからフレイの町へと向かっていった。他《ほか》の風龍達と違って威圧感みたいな物が無かったので妹ちゃんが手を振るまで気付かなかったよ。

全員で避難した俺達だが情報が無いのは困るということで偵察隊《ていさつたい》を出すことになった。俺達四人組、冒険者組、護衛の冒険者の三組が偵察《ていさつ》に行くことになった。冒険者組、護衛の冒険者には狼《おおかみ》を付けたので何かあればすぐに知ることが出来るだろう。

「やっぱりフレイの町に向かってるわね」

それぞれ別の方向から偵察する事になったのだが空を飛ぶ風竜を探せば逃げた領主軍を見つけるのは簡単だった。領主軍のごろつき達は最初は混乱して色んな方向に逃げたが、逃げるところは限られるのでフレイの町に向かったのだろう。領主軍を名乗るのなら町にモンスターを連れていくなと思うが、あの領主の部下ならば仕方がないだろう。

他の偵察隊もフレイの町に向かっているようなので領主軍はほぼ全員がフレイの町に行こうとしているのだろう。

後を追い、フレイの町が見えてくると町から叫《さけ》び声や悲鳴が聞こえてきた。領主軍が帰ってきたと思ったら風龍を連れてきたんだから町の住人はたまったもんじゃないだろう。おじいさんは領主軍に手加減していたし、当然町を攻撃する気は無いだろうけど、住人はそんなこと知らないからパニックになってるんだろう。

「なぁ、町の人達は大丈夫なのか？」

「慌てて怪我《けが》をしてる人もいるかもしれないわね」

クルスくんとイリヤちゃんは聞こえてくる声から町の人達を心配している。

「町の中の様子はクランハウスにいる皆に確認しよう。あと、怪我人もいるかもしれないしポーションや薬なんかも必要かもね」

俺はぴーちゃんにクランハウスと連絡《れんらく》を取ってもらい『アイテムボックス』から薬を取り出し鞄《かばん》に詰《つ》め替《か》えておいた。護衛の冒険者には狼達に持ってきてもらったと言っておこう。町に近付くと他の偵察隊も合流し、ぴーちゃんから怪我人多数の報告を聞いて救助道具を持って町へ向かった。

「お前ら無事だったか！」

町の門に着くといつもの門番の兵士さんを筆頭に武装した兵士が並んでいた。

「見ての通り竜が現れた。門は閉めちまったから中には入れられないぞ！」

「なんで中に入れてくれないんだよ！　俺達、薬持ってきたから中に入れてくれよ」

「……わかった、入れてやる。だが、危ないと思ったら避難しろよ」

俺達は町に入れてもらいまた三組に分かれて行動した。冒険者ギルド、孤児院跡地《あとち》、クランハウスだ。町は大騒《おおさわ》ぎになっている。おじいさんにはおばあさんから説教してもらわないとな。


三組に分かれた俺達はクランハウスへと向かった。クランハウスなら『アイテムボックス』から何かを出しても元々ここにあったと言い訳が出来るからだ。孤児院跡地へは冒険者組に行ってもらった。知り合いも近くにいるし何かあってもすぐに連絡が取れるからね。護衛の冒険者達には冒険者ギルドに行ってもらった。市場での出来事を伝えるのと現状を知るためだ。ギルドに雇われているので一番話が通りやすいはずだ。また、狼も付けたのである程度情報がまとまったら連絡が来るだろう。彼らにはポーションなんかを多めに渡してある。足りなければクランハウスに来るだろう。

「んっ？　お前ら今来たのか？　こっちは竜が出て大変だったんだぞ！　お前らは何も無

かったか？」

クランハウスに着くと待機してた冒険者組がしっかりと装備を整えて、クランハウスを守るように周囲を警戒していた。領主軍が逃げ帰《かえ》ったので役目は終わったとばかりに風竜達は町の上空を旋回《せんかい》し竜の森に帰って行っていた後なのだが、竜が町の上空を飛んでいるというだけで町は大混乱だ。俺はおじいさんが犯人（犯龍？）だと思っているので、風竜達は町に何もせず帰ったとわかるが風竜達の正体を知らない人達からみればいつ襲われるかわからず不安に思うだろう。

ただ、従魔達は全く警戒していないので皆不思議がっていた。俺も最初は不思議に思っていたのだが、クイーンに聞いてみたところ知り合い（おじいさん）の気配に凄く良く似ているので最初だけ警戒していたそうだ。おじいさんの正体を教えた記憶《きおく》は無いがモンスター的能力だろうか？

「もしまた竜が出たら避難することになる。シュウ、悪いけど中で荷物をまとめといてくれるか？　クルス達は近所を見てきてくれ！」

「「わかった！」」

近寄った俺達にクランハウスの冒険者組から指示が出てそれに従う。避難は必要ないだろうけど皆に竜の正体を教えるわけにはいかないので準備だけはしておこう。パッと見た限りでは町で火事なんかも起きてなさそうだし薬やポーションなんかはそんなに必要無いかな？

「お～い、シュウ！　ちょっと来てくれ！」

妹ちゃんやクランハウスの子達と貴重品だけ『アイテムボックス』にしまっていると外から呼ばれた。そこに行くと冒険者組と冒険者ギルドに行っていた狼がいた。

「呼んだ？」

「おう、ちょっと聞きたいんだがポーションってどれくらい持ってる？」

なんでも冒険者ギルドからできるだけたくさんポーションが欲《ほ》しいと伝言が来たようだ。というのも竜が出たことで緊急事態ということになりこの町の騎士や兵士だけでなく冒険者も召集《しょうしゅう》され町の守りを固めることになったらしい。その為《ため》回復アイテムを集めているのでこちらに在庫確認と冒険者組の召集の連絡が来たのだ。ちなみにクルスくんとイリヤちゃんはランクが低いので呼ばれていない。竜に対したらあまり差はないような気はするがその分町中の避難誘導《ひなんゆうどう》の仕事があるとか。

その後も孤児院跡地に行った冒険者組とも合流し、あわただしく御近所《ごきんじょ》さん達と一緒《いっしょ》に避難することになった。といっても公民館や学校のような避難場所もないし、避難に最適なはずの領主館は襲われた原因みたいなものだから逆に危険だ。町の人達も領主達が逃げ帰り竜を連れてきた事になんとなく気づいているみたいだ。結局丈夫《じょうぶ》そうな人の家に分かれて避難することになった。本当は内壁《ないへき》の内側の方が多少安全なのだがお年寄りは色々と手伝えるからとクランハウスに避難してもらった。

「なんでも大きい竜が王都の方へ向かったらしいぞ？」

ギルドにポーションを届けた冒険者組が新しい情報を届けてくれた。ほとんどが竜の森に帰ったと思ったのだが、見るからに他より大きい竜が竜の森とは反対方向、王都方向へ向かって飛んでいったと言うのだ。おそらくおじいさんだと思うんだけど何するつもりなんだ？

市場への領主軍襲撃《しゅうげき》、というか、風龍襲撃から数日たった。フレイの町では騎士、兵士、冒険者が連携《れんけい》し竜に対して警戒態勢をとっていた。まぁ、空飛ぶ存在に対して出来ることは限られているのでほとんどは住民の避難等が仕事だったが。住民の中には他の村や町に知り合いがいれば冒険者を護衛に避難する人もいた。実際は何もされていないが、あれだけ間近に竜を見たら町から逃げたいと思うのはしょうがないだろう。ただ、逃げたくても知り合いがいなかったり、お金の問題で避難したくても出来ない人も多くいるようだった。

市場にいた人達から風竜達は森に帰ったとの情報があるので少なくとも一週間はこんな状態が続くだろう。

「なぁ、俺達いつまでこうしてなきゃいけないんだ？」

他の町への避難もある程度終わるとランクの低い冒険者はすることがなくなる。かといってどこかの町へ行ったり、それこそ竜の森に採取に行けるわけでもなくクルスくんは暇《ひま》をもて余していた。

「やっぱり竜からの安全が確認されるまでじゃない？」

「それっていつまでだ？」

「さぁ？」

本当はもう安全だとわかっているがそれを言えないので言葉を濁《にご》すしかない。しかし、クルスくんやランクの低い冒険者以外も、モンスターが来るわけでもなく偵察に行っている人達以外は暇をもて余していた。


そして、ここで新たな問題が。領主が冒険者ギルドにお金を払わないと言い出したのだ。こういったモンスターによる災害の時は領主軍が対応するのだが、手が足りなければ冒険者にも依頼《いらい》をする事になっていた。もちろん依頼料は領主持ちで。

今回は相手が風龍であり当然領主軍だけでは手が足りず、そもそもの原因が領主だと思われているので冒険者ギルドに依頼するのは当然であった。むしろ連携が取れていて対応は早かったと思う。が、領主は「もう風竜はいない！　ギルドが勝手にやったことに金など払うか！」と言い支払《しはら》いを拒否しているらしい。

これには誰もが呆《あき》れ返ったのだが、一番困ったのはランクの低い冒険者だ。竜の森へは行けず町民も避難している状態なので依頼も受けられず、貰《もら》えるはずだった避難誘導の依頼料も貰えないと、ランクが低いと元々生活が大変なので踏《ふ》んだり蹴《け》ったりなようだ。幸いな事に孤児院組で炊《た》き出しをしているので食事だけはなんとかなってたみたいだ。この騒《さわ》ぎの原因の一つはおじいさんにもあるからできるだけの事はしないと。いつもお世話になってるし、一応俺達の為にやってくれたんだろうからね。というか、そのおじいさんはいつの間にか炊き出しに交ざってるし……。

その後、ギルド上層部や領主軍の上層部のまともな人達の話し合いで竜の森の浅いところでなら採取をして良いという事になった。今までやってきた事だし、竜が出たのは領主が軍を率いた事が原因だと思われたからだ。ただ、森の偵察と、いつもと違《ちが》うと感じたらすぐに逃げる事が条件とされた。

困っていたランクの低い冒険者達にも良い事はあった。品不足の為、肉や薬草類がいつもより高く売れた事。そして、数日とはいえ竜の森を休ませた事により森の浅い所でも大量の薬草類が採れた事だ。おかげで彼らの懐《ふところ》も多少暖かくなりいつでも避難誘導の仕事を受けられるようになった。

俺達もギルドの人達に心配されつつもいつも通りの生活をしていた。子供達は恐《こわ》がりながらもここ以外で生活出来ないので仕方がない。従魔《じゅうま》達が常に近くにいるのでそれも安心感に繋《つな》がっているのかもしれない。

そんな風竜出現から一週間程経《ほどた》ち、少しずつ生活が戻り始めた頃《ころ》、王都方面から軍隊が現れた。


王都方面からやってきた軍隊は数百人、多分千人はいない位の人数のようだ。ぴーちゃんからの情報なので大雑把《おおざっぱ》な数しかわからないがフレイの町なら簡単に滅《ほろ》ぼせそうな人数だ。まぁ、王都方面から来たので戦争をする為ではなく風竜に対する増援だと思う。

門番達と話をしてどうやらこの町に泊《と》まる事になったようなのだが、さすがに全員は町に入りきらないのでほとんどは町の外で野営をするようだ。野営をするのは兵士がほとんどで、町の中に泊まるのは騎士だけみたい。見るからに豪華《ごうか》な鎧や剣を装備しているから間違《まちが》いないだろう。というか、フレイの町の騎士よりも質の良い装備って事はかなり偉《えら》い騎士なのかな？

「王都から騎士団《きしだん》が来てくれたわ」

「これでやっと安心できる」

「風竜はもう来ないのかしら？」

騎士団らしき軍隊が来たおかげで町中ではその話題で持ちきりだった。町の人達は不安が薄《うす》れ、ギルドも落ち着きを取り戻せそうだと喜んでいた。

町の外にいる兵士達は野営の準備と平行して対風竜用に陣地《じんち》もつくっていた。まぁ、空からに対して効果があるのかは不明だが、住民の安心感には繋がっているようだ。


しかし、次の日、町は大騒ぎになっていた。領主が騎士団に捕《つか》まったのだ。

今回騎士団がこの町にやってきたのはもちろん風竜に対してなのだが、防衛なのか討伐《とうばつ》なのかはわからなかった。まぁ、あきらかに勝てるとは思わないので防衛の為に来たのだろうが、騎士団の目的はそれだけではなかったのだ。なぜ王都に風竜が来たのか、それを調べるためだ。

領主軍が市場に来た日、おじいさん、というか風龍達は王都方面に向かったのだが、予想通り王都に行ったらしい。もちろん王都は突然《とつぜん》の風竜の襲来《しゅうらい》にパニックに陥っていたらしい。龍王山や竜の森があるといっても竜など見る機会は普通はない。そこに風竜が出たのだから住民は大騒ぎだったらしい。

だが、大騒ぎはこれだけではなかったようだ。場所が王都なだけに優秀《ゆうしゅう》な鑑定士《かんていし》がいたらしく、襲来したのが風竜ではなく風龍だという事が判明し住民だけでなく王国上層部もてんやわんやだったらしい。

当然王都は風龍の襲来に対して防衛したのだが、手も足も出なかったようだ。まぁ、おじいさん達は攻撃するつもりは無かったようなので風龍による直接的な被害《ひがい》は無かったが、防衛に出た王国が誇《ほこ》る竜騎士団が使い物にならなくなってしまったらしい。というのも、竜騎士団という名前なのに乗っているのはワイバーンらしく、風龍に怯《おび》えて今現在も震《ふる》えているらしい。今回来ている騎士団は竜騎士団も何人か含まれているという事なのでワイバーンの敵討《かたきう》ちの意味もあるかもしれない（というか、ワイバーンは死んでない）。

しかしこの話、ギルドの人達から聞いたのはまぁ納得《なっとく》出来るのだが、いつもの門番さんからも聞いたのは大丈夫《だいじょうぶ》なのか？　情報漏洩《ろうえい》とかにならないのだろうか？　さらに驚《おどろ》いたのは同じような話を近所のおばちゃん達が井戸端《いどばた》会議で話していた事だろうか？　あの人達の情報源はいったいどうなっているのだろう……。

話がそれてしまったが、領主が捕まった理由はやはり風龍達を龍王山から出してしまった事らしい。未《いま》だに風龍が出現した理由は判明していないが、領主の軍隊が原因ではないか、というのが国の考えらしい。

竜の森に近いとはいえ今までフレイの町には何も無かったし、新しく出来た市場もある程度経ったが特に何もなかった。風龍が現れたのは今回も前回も規模は違うが軍を派遣《はけん》したからと考えたのだ。その為《ため》国を危険に晒《さら》した罪で捕まった。

また、その風龍が王都を襲ったのも問題だった。実際に風龍による被害は無かったのだが、王城の周りを風龍が飛び回っていたので王族への殺害未遂《みすい》も罪に問われたとの事。王族への罪はこじつけのような気がするけど風龍が原因だから仕方がないのかもしれない。

その後も領主を調べたところお金に関する不正が次々と出てきた。その中には孤児院にいくはずだったお金を横領しているのもあった。結局領主は王都で処刑《しょけい》されることになった。

本来ならこの町で処刑されるべきなのだが王族に対する罪と王都の住民に「風龍がやってきたのはこいつのせいだ！」というのを知らせるためなので王都に運ばれるのはしかたがない。

さて、領主が処罰《しょばつ》されるという事でこの町はどうなるのか。普通なら貴族の称号剥奪《しょうごうはくだつ》に領地没収《ぼっしゅう》で王家が管理する事になるのだが、さすがに風龍が出る土地を管理したくはないとの事で、いるのを知らなかったのだが、領主の弟が爵位《しゃくい》を継《つ》いで（降爵して最低位の爵位になっている）この町を治める事になるそうだ。

なんでも文官としては優秀らしく跡《あと》は継げなかったので王城で働いていたらしい。正直家を出たのに家の尻拭《しりぬぐ》いさせられて可哀想《かわいそう》だと思うけど前領主様のように好《い》い人らしいので町の人達《たち》もきっと協力してくれるだろう。

領主が捕まって一週間、騎士団が残って警戒してくれていたので町に人が戻り始めていた。ただ、市場だけはあまり人は戻らず孤児院がほぼ独占《どくせん》状態だった。もちろん新人商人は何人か商売をしていたが、やはり風龍が怖いらしく商人は竜の森には近づきたくないみたいで今まで通りフレイの町で商売をしていた。フレイの町は安全かといえば相手は風龍なのであまり変わらない気もするが今まで大丈夫だったのでその安心感があるのかな。

フレイの町に人も増え、騎士団がいるため最近は冒険者達の活動が活発になっていた。騎士団はある程度の荷物は持ってきているがさすがに一週間以上も経つと持ってきた品物は無くなってくる。そのため現地で仕入れるのだが、騎士団の人達が森に向かえば風龍が出てくる可能性があるために冒険者《ぼうけんしゃ》に依頼して食料や薬草などを調達していた。そのお陰《かげ》で新人冒険者達も依頼が出来て生活に困ることはなくなっていた。

うちの冒険者組も依頼を受けてギルドランクを上げるのに必要なポイントを稼《かせ》ぐのに頑張っている。国からの依頼なのでギルドランクに関係なくポイントを稼げるのでお得な依頼だ。さすがにあまりお肉の納品は出来ないが森の幸に薬草類はしっかりと集めたのでそこそこ稼げただろう。

商人組もここぞとばかりに食料を売りに出した。買いだめしてあった小麦粉や今も大量生産している干物《ひもの》が中心となったがそれなりの量を売った。騎士団の方も小麦粉は安く買え、この辺りでは珍《めずら》しい海産物の干物を安く買えるので喜んでくれた。これで騎士団にうちの商会の名前が売れたと思うので次は各種ポーションを売ろうと考えているみたいだ。

あとはこの生活がいつまで続くかなんだけど、もうおじいさん、というか風龍達は来ないから帰っていいんだけどなぁ……。

「風龍ってかっこいいな！」

「あれを倒せる冒険者っているのかな？」

「シュウの力で従魔に出来ないのかな？」

風龍出現から一ヶ月。町は風龍出現前の賑《にぎ》わいを取り戻し、やって来ていた騎士団も風龍のふの字も見当たらないのでそのほとんどが王都へ帰っていった。残ってるのは監視《かんし》や王都への連絡要員の数十人だけであった。

風龍の影も形も無くなったので町やギルドも冒険者の竜《りゅう》の森への立ち入りを少しずつ許可し、今では冒険者達も昔通りの生活に戻っていた。

もちろんそれは孤児院《こじいん》も同じで今日は久しぶりに冒険者組と森に採取に来ていた。森の浅い所だしクイーンを筆頭に従魔達が周辺の警戒《けいかい》並びに狩《か》りをしているので俺《おれ》達は採取中心になるのだが、最近採取中の会話が風龍についてばかりになって少し困っている。

それは、うちに従魔がたくさんいるのが原因の一つではあるのだが冒険者組含《ふく》めて孤児院の子供達が風龍を怖がっていないのだ。本来だったらクイーン達狼《おおかみ》のモンスターも危険なのだがクイーン達で慣れてしまったのか野生のグレイウルフを見てもそんなに怖がらない子達になっていて、風龍も最初は大きさや迫力に怖がっていたのだが、クルスくんの「風龍ってかっこいいな！」の一言から恐怖《きょうふ》の対象から憧《あこが》れの対象に変化していってしまった。

風龍の正体がおじいさんということもあり、孤児院含めて市場や町、王都に被害が無かったのも怖がらない理由かもしれない。

採取の時も話題になるが晩御飯《ばんごはん》の時もよく話題となった。屋台での話題の一つでもあるのだが、屋台にはおじいさんとその仲間達がいるので風龍の話題は一番盛り上がってたりする。おじいさん達にしてみれば「かっこいい」だの「強そう」なんて言葉は誉《ほ》め言葉だろうからな。クルスくん達もまさか本人を目の前に話してるとは夢にも思わないだろう。


「そういえば風龍以外にも龍っているのか？」

「いるぞ、有名なところだと『火龍』『水龍』『地龍』だな」

屋台で風龍の話をしていると他の龍の話になった。

「ここみたいにそれぞれ生息地があって場所によっては龍を見ることが出来るぞ」

どうやら他の龍は場所によっては見るのは珍しい事じゃないみたいだ。というか、見ることが出来るって事はそんな危険なモンスターじゃないのかな？

「そうだな、襲われたって話はあんまり聞かないな。ここみたいに手を出さなけりゃ平気みたいだ。地龍の鱗《うろこ》なんかはたまに市場に出るらしいし」

「だけど、地龍の鱗はでかすぎて防具にゃ使えないみたいだけどな」

「龍の鱗を使った武器は属性が付いて使えるみたいだぞ。竜の鱗の方が出回ってる量が多いけど、いつかは使ってみたいもんだ」

いつの間にかおじいさん達以外にもベテラン冒険者達も加わって龍について色々な情報を手に入れることが出来た。

しかし、この時の会話がいけなかったのかおじいさんの仲間達が爆弾《ばくだん》を持ってきてしまった。

「シュウ、ちょっとこっち来て～」

屋台の手伝いをしながらクルスくん達の龍話を聞いていると商人組の子から呼ばれた。行ってみると会計後なのか何かの素材が置いてあった。

「これなんだけど『鑑定』してくれない？」

市場では森に近いので屋台のお会計も素材払いが出来たりする。大抵《たいてい》の物は普段《ふだん》売り買いしているのである程度の値段の目安はあるのだが、たまに珍しいものが持ち込まれたりする。その時は『鑑定』を持つ俺が調べておおよその金額を相談するのだ。今回も何か珍しい素材が持ち込まれたのだろう。

「これは……鱗？　なんか大きいね」

「おじさんの話だと風龍の鱗だって」

「風龍《ふうりゆう》の鱗⁉」

持ってきたおじさんってのはおじいさんの仲間達の事だよな、……って事は本物⁉

慌《あわ》てて『鑑定《かんてい》』してみると『風龍の鱗』と出てきた。

「……これ、本物みたい」

「えっ⁉　本物なの⁉」

「これ、値段付けられないし他の所にも売れないいんじゃないかな」

この間も話してたけど風龍は見るのも珍しいみたいだから風龍の素材もかなり貴重だと思う。なのにそこには顔より大きな風龍の鱗が何枚もあった。

「屋台の値段にしても貰いすぎじゃない？」

「私もそう思ったんだけど、たくさん落ちてるからって……」

「落ちてる？　ってことはどこかで拾ってきたのかな？」

「この間、風龍が来たときに森に落ちたんじゃない？」

普通に考えればそうだよね、でもおじさん達も風龍だと思うから自分の家で拾ったんじゃないかな。しかし、さすがにこんな代物《しろもの》は貰えない。というか貰っても扱《あつか》いに困る。俺は風龍の鱗を『アイテムボックス』に入れ、おじさんに話をしに行った。

「ちょっとこれ、どうしたんですか⁉」

「ん？　おお、坊主《ぼうず》か、どうした？」

「どうしたじゃないですよ！　こんな貴重な物、貰えませんよ！」

「だって、お前ら、この間欲しいって言ってただろ？　こんなもん寝床《ねどこ》に捨てるほど、というか捨ててあるからよ、好きなだけやるよ」

寝床に落ちてるって抜《ぬ》け毛《げ》みたいなものか？　それとも生え変わって古い鱗が剥《は》がれたのかな？　確かに渡《わた》された鱗は古い感じがするな……というかやっぱりおじさん達も風龍決定だよ……。それに寝るときは龍の状態なんだ……。知らなくてもいい龍の生態を知ってしまった……。いや、おじいさんは人で寝てるから龍によって違うのか。

結局何度も断ったのだが押《お》しきられ風龍の鱗を意図せず手に入れてしまった。さすがにこれが他の冒険者に知られると大事《おおごと》になりそうだったので商人組に相談し俺《おれ》の『アイテムボックス』に一時封印《ふういん》することになった。なったのだが、その後も何度も何人も鱗を持ち込むおじさんがいた。断るわけにもいかず鱗は増える一方であった。また、鱗だけじゃつまらないだろ？　と爪《つめ》や牙《きば》の欠片《かけら》？　も持ち込まれた。こちらも落ちていたと言っていたので、生え変わりや爪研《と》ぎや牙研ぎで出たカスみたいな物だろう。そのわりに孤児院で作ったどの武器よりも切れ味が鋭《するど》いのはさすが龍といったところか。

これもさすがに表に出せないので『アイテムボックス』にしまったのだが、またしてもおじさん達は爆弾を持ってくるのであった……。


「シュウ～、今日もお願い！」

屋台にいると今日も『鑑定』のお願いを商人組からされた。呼ばれた所に行くと商人組の他におじいさんの仲間のおじさんがいた。すでに鱗や爪、牙は『鑑定』したから商人組もわかるはずだし、他に風龍の素材なんてあったかな？

「今日は何があるの？」

「あっ、来てくれたのね、……えっとこれなんだけど……」

そうして差し出されたのが巨大《きょだい》な卵だった。人の頭よりも大きく持つのが大変そうな大きさだ。これをどうやって持ってきたのかと思ったが、『空間魔法《まほう》』か魔法の鞄だろう。ちなみに『アイテムボックス』には有精卵《ゆうせいらん》は入らないので、もしこの卵が孵化《ふか》する卵なら持ち運ぶのは専用の魔法の鞄を作らなければならないだろう。

「って、まさかこれ、風龍の卵⁉」

「違うわよ！　おじさんはワイバーンの卵って言ってるの、で、それを調べて欲しいんだけど……」

ビックリした、おじさんが持ってきたからてっきり風龍の卵かと……。でも、よく考えたら風龍が卵生なのかわからないし、そもそも自分の卵を売るわけ無いよな。それにしてもワイバーンの卵って……、ワイバーンの素材よりも貴重なんじゃないの？

「たしか、おチビちゃんが龍に乗りたいって言ってただろ？　さすがに龍は無理だがワイバーンならいけるだろ？　坊主、テイマーだったよな？」

確かにクルスくん達が「風龍かっこいい！」と言っているときに妹ちゃんが「風龍に乗りたい！」と言っていた。妹ちゃんはクイーン達によく乗っているので従魔に乗るのが好きなため、風龍にも乗ってみたかったようだ。しかも、乗りたいと言っていたのが市場の上を飛んでいた風龍、つまり、サクヤちゃんだ。もちろん乗ってみたいって言うのは一番格好いいと思ったかららしいのだが、妹ちゃんの隣《となり》でサクヤちゃんが嬉《うれ》しそうにモジモジしていた。これなら本人に言えばすぐに乗せてもらえそうだけど、正体は内緒《ないしょ》だからなぁ。

とりあえず今は『鑑定』が先か。

結果は間違いなく『ワイバーンの卵』と出た。出てしまった。これまた人前に出せない物を持ってきたなぁ。ってか、卵を盗《ぬす》んで平気なのか、と思ったがおじさん達にとってはワイバーンはただのモンスターだから問題ないとの事。しかも、俺が従魔に出来るように大人のワイバーンではなく卵を持ってきてくれたらしい。無駄《むだ》に気が利《き》く事をするなぁ。

しかし、ワイバーンの卵なら風龍の素材よりは問題は無いか？　話に聞いた龍騎士団ってのも元々はワイバーンの卵から育てたワイバーンから始まったって話だし前例のある事なら問題は無いと思う。国に知られたら没収されそうな気もするからあまり公には出来ないだろうけど。

問題は後ろにいる二人かな。いつの間にかクルスくんと妹ちゃんが卵をキラキラした目で見ていた。これは従魔として育てないとダメなパターンだ。育てるとしても、でかくなるから院長先生にも一言相談しないとな。

屋台終わりに孤児院に行くと、二人に説得された院長先生から簡単に許可は下りた。ただ、牧場や竜の森以外には出さないように念を押された。

さて、卵を育てる事になったのだがどうやって温めよう。いや、そもそも温めて良いものなのかもわからない。卵を孵《かえ》すイメージというと鳥のイメージだから温める印象だがワイバーンは果たして鳥と同じでいいのか。見た目で言えばでっかいコウモリだし、ワイバーンが竜に近いなら漫画《まんが》やアニメではでっかい蜥蜴《とかげ》とか言われてるからなぁ。さて、どうしたもんか。

さすがにおじいさんでもワイバーンの卵の孵し方なんて知らないだろうし、とりあえず温めてみるか。人肌《ひとはだ》程度では卵が茹《ゆ》で卵になることはないと思うし、従魔にするための魔力を流すときに回復魔法なんかをかけておけばきっと大丈夫！　……なはず。

「お～い、この卵を温めてくれないか？」

「「「コケッ？」」」

餅《もち》は餅屋、ということで卵を温めるプロにお願いすることにした。そう、ビッグコッコ達だ。彼《かれ》らは順調に数を増やし牧場には百羽《わ》以上いる。そのほとんどは卵から孵ったコッコ達だ。この牧場には彼ら以上の卵を孵すプロはいないだろう。

「これ、ワイバーンの卵なんだけど温められる？」

「コケッ、コケッコ」

う～ん、やっぱりやってみないとわかんないか。

「コケッ、コケコケッ」

そっか、確かに卵も大きすぎるか。抱《かか》えるほどの大きな卵な為、ビッグコッコでは卵を温めるのが難しいようだ。となると援軍《えんぐん》を頼《たの》むかな。

ということで、呼んだ援軍はこちら。母狼《おおかみ》達と母コボルト達だ。狼とコボルトは卵を温めるのに毛皮が良いだろうという事で呼んでみた。一応子供が生まれるという事で子育てを終えた母親にしてみた。人数もそれなりにいるので交代で温められるだろう。俺はというと卵に魔力を流す係だ。実をいうと卵はまだ俺の従魔になっていない。理由は簡単、卵にまだ魔核《コア》が無いからだ。今までの経験で魔核《コア》に魔力を浸透《しんとう》させると従魔になるのだが、卵だからか見当たらないのだ。おそらくこれから出来るのだろうが最初から俺の魔力を流しておけば今まで以上に従魔になりやすくなると思うんだが……。なので、俺は朝晩、卵に魔力を流し続けた。どれくらい流して良いのかわからないので少しずつ流す量を増やしていった。途中《とちゅう》でふと思いつき魔力の質を変えてみた。上手《うま》くいくかはわからないが元気に生まれると良いな。時たま妹ちゃんが服の中に卵を入れて温めているのだが落として割らないように注意しとかないと。

「「「ウォンッ！」」」

「「「ワフッ」」」

卵を温めはじめて二日、魔力を流してはいるが卵に変化はない。ただ、魔力は卵に吸収されているようなので何かしら効果はあると思う。

卵を温めはじめて四日、今まで卵全体に吸収されていた魔力が卵の中心に向かって集まっている気がする。これが正しい成長であって欲しいのだが……。

卵を温めはじめて一週間、どうやら卵に魔核《コア》が出来たようだ。このまま魔核《コア》に魔力を流し続ければきっとワイバーンを従魔に出来るだろう。

卵を温めはじめて十日、問題が起きた。いや、悪いことではないと思うのだが、そろそろ従魔になったかな、と卵を『鑑定』してみたのだがいつの間にか『ワイバーンの卵』から『ウインドワイバーンの卵』に変化していたのだ。多分竜の森なのでここの魔力は風属性かな？　と魔力を流していたのだが、それが原因かもしれない。実際竜の森の魔力は微《かす》かに風属性を感じるのだが量が多すぎたのかな？

「あぁ、間違いなく風属性の魔力のせいじゃな。モンスターも属性に特化した存在は多くおる。狼達も属性特化したのはおるぞ？　ウインドウルフやスノウウルフじゃな。もちろんワイバーンも例外ではないのう」

わからないことはおじいさんに聞け、ということで聞いてみたらやはり俺の魔力が原因だったようだ。いや、元々属性は風寄りだったから一押《ひとお》ししただけか？　機会があったら他《ほか》の属性のワイバーンも育ててみたい気もするが、さすがに二匹目三匹《ひき》目のワイバーンは難しいだろう。その前にウインドワイバーンをしっかりと育てないとな。

そして、卵を温めはじめてから一ヶ月、遅《おそ》いのか早いのかわからないけれど、ついにウインドワイバーンが卵から孵ったのだった。

「ギャウッ！」

生まれてきたウインドワイバーンは卵よりも大きかった。というよりも、もしかしたら大きくなりすぎて早く生まれてきたかもしれない。なぜなら魔核《コア》に魔力を流すようになってから、いくらでも吸い込めるようで俺も面白《おもしろ》がって空気中から魔力を吸収しながら送っていたのだ。もちろん限度があるのであげすぎには注意していたのだが、生まれる前のウインドワイバーンの魔核《コア》は明らかに卵に対して大きすぎた気がする。

「ついに生まれたな！」

「おっきいね！」

「コケッ！」

「ピュイー！」

ウインドワイバーンの周りには妹ちゃん、クルスくん、イリヤちゃんの他にいつの間にかぴーちゃんやビッグコッコ以外の従魔も集まっていて卵用に用意した小屋の中はぎゅうぎゅうだった。

ウインドワイバーンの誕生は妹ちゃん達よりもぴーちゃんの方が嬉しそうにしている。もしかしたら飛べる仲間が増えて嬉しいのかな？　シャドウオウルと違ってシーキャット達はライバルって感じだったからなぁ。ビッグコッコ達は飛べないし狩りの練習なんかはぴーちゃんに頼んでみよう。

その前にウインドワイバーンのご飯をどうするかだな。何を食べるのか、おじいさんに聞いてみようかな。

「コケッ」

「モ～」

「キャンキャン」

ふとウインドワイバーンを見るとビッグコッコやミルホーン、コボルト達がみんなして餌《えさ》をあげていた。ビッグコッコのはミミズ？　のようなものでミルホーンは誰《だれ》かに搾《しぼ》ってもらったミルクを、コボルト達は各種お肉や果物なんかだ。

「ギャウッ、ギャウッ！」

ウインドワイバーンは嬉しそうにミルクやお肉を食べていた。お肉は生肉と焼いた肉と両方あったがどちらも美味《おい》しそうに食べている。ってか、生まれたばかりなのにそんなに食べて平気なのかな？　それに、ビッグコッコからのミミズっぽいのは食べないのかな、ビッグコッコが悲しそうにしているんだけど。あっ、いや一応食べてるな。他に食べるのがあるから食べてないだけか。ならワイバーンは雑食なのかもしれないな。

その後も俺が出る間もなくビッグコッコを中心にウインドワイバーンの世話をやいていた。相変わらず赤ちゃんや子供はうちの孤児院では人気が出るな。あまり戦闘《せんとう》が得意でない子達には早めに見に来るように言っておこう。そうそう、サクヤちゃんも忘れずに呼ばないとね。

大きくなると迫力《はくりょく》が出てしまうだろうから早めに院長先生に会わせといたほうがいいだろうな。

ワイバーンの卵はとりあえずの解決を見せたのだが、問題はまだある。風龍の鱗や爪だ。初めて持ってきたときから「こんな貴重品は困る」と言ったのだが、「落ちてるから」とか「捨ててあるもんだから」等と言ってあれからも何度も持ってこられた。おじさんの一人は「そんなに嫌《いや》なら別のもん持ってきてやる」と言って持ってきたのが『風竜の鱗』だ。風龍だろうと風竜だろうと貴重な品なのは変わらないのでどっちにしても困る状態だった。どうするか悩《なや》んだのだがこれだけあるなら色々試《ため》してみるのも有りかと生産組を集めて加工に挑戦《ちょうせん》してみることにした。

鍛冶《かじ》組は爪、牙、鱗を使い武器や防具……の前に加工できるのか挑戦することに。裁縫《さいほう》組は鱗を服に縫《ぬ》い付けられるか。そして、木工組と鱗を使った盾《たて》にも挑戦してもらうことに。

俺はというと調薬組とポーション作りに挑戦した。材料が鱗なので少し抵抗《ていこう》があるが漫画やアニメで鱗を使うと効果が上がる話は良くあるので試してみることに。

おじいさんにも一応聞いてみたのだが自分達の身体の一部を加工するわけがないしポーションなど使うこともないともっともなことを言われてしまったので手探《てさぐ》りでやっていく

しかないだろう。

調薬でポーションを作るのだが、龍の鱗を使ったポーションの作り方など当然知らない。なので、調薬の師匠《ししょう》であるおばあさんに聞いてみたのだが、おじいさん同様知らないとの事。こちらも当然自分の身体の一部を薬にする方法など知るはずがなかった。しかし、俺にはもう一つ心当たりがあった。

「こんにちは〜」
「誰だい？　……お前さんは確か孤児院の子だったね」
「どうも、お久しぶりです」

やって来たのはフレイの町にある錬金術師《れんきんじゅつし》のおばあさんの店。ここはポーションを売ってるお店だし何か知ってるかもしれないとやってきたのだ。ちなみに来たのは俺一人である。妹ちゃんも一緒《いっしょ》について来たがったが行き先がここだと知ると怖《こわ》がってついてくるのを諦《あきら》めていた。

「今日は何の用だい？　また何か素材でも持ってきたのかい？」

「えっと……」

「……ちょっと待ってな、今店を閉めるから」

俺がどうやって龍の鱗の話を切り出そうか考えているとおばあさんが何かに気付いたのか店を閉めて人が来ないようにしてくれた。

「それで、何を持ってきたんだい？　人に言えないようなものかい？」

「は、はい。あまり人には言えないやつです」

そう言って俺は龍の鱗ではなく竜の鱗を取り出した。

「ほうほう、竜の鱗か。これはこの間の竜のもんじゃな。なるほど、これの使い道を知りたいんじゃな」

「はい。冒険者の人が森で拾ったらしいんですけど、使い道が思い付かなくて。孤児院の子が武器や防具に使えないか挑戦してるんですけどそっちもどうなるか……」

「なるほどのぅ、それで、当然儂《わし》の分もあるんじゃろうな？」

俺はおばあさんに渡すつもりでいた竜の鱗を取り出し渡した。国からは風龍ということになっていたけれど町に来ていたのは風竜なので渡す鱗は風竜の鱗にした。おばあさんなら鱗の事を言い触《ふ》らさないだろうし、ポーションか何かの使い道を教えてもらうには対価が必要だからね。

おばあさんは鱗を懐にしまうと鱗について教えてくれた。

「そうさねぇ、竜の鱗を使ったアイテムならば効果が上がったポーションか万能薬《ばんのうやく》かね。他の材料があれば再生薬も作れたか。武器や防具ならばドワーフの鍛冶師に聞くのが一番じゃな。やつらなら竜の素材にも慣れとるはずじゃ」

なるほど、薬の強化に使えるのか。って、新しい情報が！　この世界にドワーフがいるのか。ゲームなんかだと鍛冶とかが得意な種族だったような……。なら、良く出てくるエルフなんかもいるのかな？　でも、こちらからは聞きにくいんだよなぁ。

「エルフはいるんですか？」

「エルフ？　何それ？　それは何だ？」

ってなったら困るからな。どこか話の流れで商人達から聞ければいいんだけどなあ。

ドワーフはなんでも火龍の住処の近くに住んでいるらしく火龍の性格なのか喧嘩《けんか》をよくするらしく鱗や爪、牙なんかを拾うことがあるらしく、それを使って加工技術が発達したとか。全《すべ》てのドワーフがその技術を持っているとは思わないが鍛冶組がお手上げ状態ならドワーフを探すのも手かもしれない。

おばあさんの工房《こうぼう》に着くと大きな壺《つぼ》が置いてあった。

「これは錬金釜じゃ。魔法薬を作るときは便利じゃぞ」

なんでもこの錬金釜で作ると魔力消費を抑《おさ》えたり品質が少し上がるらしい。そんな便利なものがあるなら欲《ほ》しいのだが魔道具でお高いらしい。

「では、早速《さっそく》作ってみるか。よく見ておくんじゃぞ？」

そう言っておばあさんは竜の鱗を使ったアイテムをいくつか作って見せてくれた。教えてくれたのは作り方だけなので分量なんかは自分達で考えろってことなんだろう。普通《ふつう》なら材料が勿体《もったい》なくて出来ないが鱗は沢山《たくさん》あるので調薬の修行《しゅぎょう》にちょうどいいかもしれない。

その後は羨《うらや》ましそうに錬金釜を見ていたらおばあさんが作ってくれるというのでお願いしたら、風竜の鱗だけでなくなぜか持っているのがバレた風龍の鱗や爪や牙もあげることになってしまった。錬金釜の価値がどんなものかはわからないがこれから色々と教えてもらいやすい環境《かんきょう》になったとは思うので必要経費として諦めよう。

「また何かあったらいつでも来るがいい」

お店を出るときおばあさんはとても上機嫌《じょうきげん》だった。

錬金術師のおばあさんに鱗を使ったアイテムの作り方を習った俺は、早速調薬組を集めて作ってみることにした。新しいポーションは特に難しい事もなく、作るときに使う水に鱗の魔力だか成分だかを抽出《ちゆうしゆつ》したものを使うだけだ。おばあさんが作っているところを見ていたが、どう見ても鱗を煮《に》て出汁《だし》を取っているようにしか見えなかった。

そのせいか、簡単に出来ると思って挑戦したのだが、これが思った以上に難しい。

「これは……、けっこう疲《つか》れるな」

竜の鱗は当然硬《かた》くただ煮ただけでは何も変化はしない。そこに魔力を流すことで鱗の魔力だか成分だかを水に移すことが可能となる。その流す魔力の量が普通じゃなかった。危《あや》うく魔力が切れるかと思ったが周囲から魔力を吸収してなんとかなった。

「もうだめ～」

「交代するわ」

「二人同時とか駄目《だめ》なのかしら？」

試しに調薬組にやらせてみたが彼女《かのじょ》らはすぐに魔力切れになってしまった。人より魔力が多めな俺でさえ魔力を吸収しなきゃならなかったので当たり前と言えば当たり前なのだが、一人で作れないのは効率が悪すぎる。

「シュウはよく一人で出来たわね」

まぁ、俺も魔力吸収のおかげで出来たようなものだ。みんなは魔力ポーションを飲んで魔力を回復させているがポーションを作るのにポーションを飲んでいたら作る意味がない。

「そうだ、これ使ってみれば？」

そこで俺が取り出したのは以前王都で買った『魔力吸収』が付いていた武器だ。良い付《ふ》与《よ》だと思うけど当然呪《のろ》われていて使用者の魔力を吸い取る物だった。しかし、ゴブリンのリンちゃんが呪いを解いてくれたおかげで周囲の魔力を吸収し、使用者の魔力を回復してくれる物になった。元々魔力量が少ない子が多いためすぐに回復するのだが、このおかげでポーションを飲み続ける事は無くなりそうだ。

ちなみにこのナイフは刃《やいば》の部分から魔力を吸収するのだが、どういう原理か魔法も吸収出来た。魔法で作った火や水、岩なんかがナイフで切ると消えるのだ。一瞬《いっしゅん》「魔法に対して無敵だ！」とも思ったが、魔法を使うモンスターは少ないし、飛んでくる魔法にナイフで立ち向かうのは危険な為《ため》、封印《ふういん》してあったものだ。

最終的にはおばあさんが売ってくれた錬金釜が思いの外高性能で、風竜の素材と交換《こうかん》しただけの事はある活躍《かつやく》をしてくれた。おかげで高性能高品質のポーション作りが捗《はかど》ることとなった。

「か、硬い！」

「これ、どうやって削《けず》るの⁉」

「さすが竜の鱗ね」

次に挑戦したのが万能薬。本来なら毒の種類によってそれに合わせた薬が必要なのだが万能薬は毒の種類を問わず効き目があるのだ。それに専門薬に効力は及《およ》ばないが病気にも効くらしく一家に一つは欲しい品物だ。

その万能薬だが、竜の鱗を粉末にして少量混ぜる必要がある。そして、おばあさんは自分のナイフで少しずつ削って粉末を作っていた。その時は竜の鱗は硬いしあんな感じじゃないと作れないのかぁ～、なんて思っていたが普通のナイフでは傷一つ付けられなかった。そりゃそうか、竜の鱗がそんな簡単に傷つけられたら討伐《とうばつ》するのも簡単になっちゃうよな。おそらくおばあさんの使っていたナイフも相当な業物《わざもの》なんだろうな。

「そうだ、おばあさんが爪を使えって言ってたな」

「爪？　爪って竜の爪の事？」

俺は『アイテムボックス』にしまってあった風竜の爪を取り出して調薬組の子に渡した。

これは切れ味鋭いので取り扱い注意《ちゅうい》だ。風龍の爪なんて俺達の使っている武器より数倍はよく切れる。そう考えると確かに竜の鱗も傷つけられそうだ。

「わぁ、すごい削れるわね」

「逆に粉末にするの難しいわね」

風竜の爪は思った以上の切れ味で鱗を加工できた。もう少し鱗が硬ければ上手く粉末に出来たかも？　あれかな、鱗が少し古いからかもしれないな。何はともあれこれでなんとか万能薬を作ることが出来そうだ。鱗も沢山あるし他の材料も竜の森で採れるのでなんとかなりそうだし安く売れそうで安心だ。

さて、調薬組はなんとかなりそうなので他の所も確認《かくにん》してみようかな。


「くそっ！　どうやっても弾《はじ》かれる！」

「やっぱり火力が足りないのか？」

「いや、そもそも竜の鱗を鉄で叩《たた》くってのが無理なんじゃないか？」

鍛冶場からは金槌《かなづち》のトンカントンカンという音に混じって鍛冶組の話し声が聞こえてくる。というか大声で話しているのでよく聞こえる。

やはり、ここでも鱗の加工は難しいみたいで熱したり冷やしたり斬《き》ったり叩いたりと色々したそうだが竜の鱗は傷一つ付かなかったらしい。実際竜の鱗に何か出来たのは竜の爪と竜の牙、あとは錬金術師のおばあさんのナイフくらいだからなぁ。よっぽどの物でないと何も出来ないのかもしれない。

「竜の鱗の加工ならドワーフに聞くのが一番って言われたんだけど、どこにいるか知ってる？」

「ドワーフ？　あぁ、鍛冶ならやっぱりドワーフか。王都とかにいないのか？」

「商人組で誰か知らないか聞いてみるか？」

やっぱりドワーフの鍛冶技術は有名らしく鍛冶組も話だけは知っているみたいだけど会ったことは無いらしい。そもそも孤児院の鍛冶技術は弟子《でし》入りしてた子もいるが、基本的にはおじいさんに教えてもらった自己流に近い。その為他《ほか》の鍛冶師に知り合いはほとんどいないのだ。それに、この国は獣《けもの》族、獣人族以外の他種族は見たことがないのでいないのかもしれない。となると竜の素材の加工はいつ出来るのか計画すら立てられないな。まぁ、錬金術師のおばあさんのおかげで竜の鱗の粉末は作れるようになったので、それを鉄に混ぜて何かしら効果がないか確かめてもらうとしよう。

鍛冶組は鱗から挑戦を始めたらしく、まだ爪も牙も挑戦していないらしいが鱗に手も足も出ない状況《じょうきょう》ならば鱗の粉末から挑戦していった方がいいだろうな。

「やっと来た！」

「遅いよ！　えへへっ、良い物出来たよ！」

次にやって来た裁縫組からは待ちくたびれたとばかりに彼女らの成果の前に引っ張っていかれた。

そこにあったのはパッと見ただの服にマントやローブ、それに革《かわ》の盾だった。革の盾の近くには木工組がいるので共同製作のはずだ。

竜の鱗ということで針も通せないだろうからとほとんど期待していなかったのに裁縫組は何かを完成させたようだ。

「いやぁ、どうやっても鱗に針が通らないからどうしようかと思ったけど、なんとかなったよ」

そう言って見せてくれた服やマントは内側に鱗があるのか見た目には普通の物に見える。しかし、触《さわ》ってみると確かに鱗の感触《かんしょく》がある。確認してみるとどうやら鱗の形はそのままで、ポケットを作ってそこに鱗を入れたり、鱗に針は通さないで糸をバツ印に縫い付けたりしたみたいだった。

アイデアとしてはとても良いと思うのだが鱗が大きすぎるために隙間《すきま》が多くて防具としては今一つな仕上がりになってしまっていた。マントやローブ等は布製なのにでこぼこというか角ばっていた。

しかし、盾の方は木の盾に鱗を合わせ、上から革を縫い付けたのでこれはこれで使えそうだった。

「鱗の形を変えられればもっと良い物が作れそうなのよね」

「マントも形にはなってるけどマントとしては使《つか》い心地《ごこち》最悪ね」

「盾はまぁ、一番成功したわね。鱗を重ねたらどうなるかとかこれからの課題ね」

ふむ、鱗の形だけが問題ならなんとかなるか。

「なら、これでなんとかなると思うよ」

そして取り出した竜《りゅう》の爪と牙。みんなの前で爪を使って鱗を切ってみせた。牙は穴を開けるのに使えるので鱗を縫いやすくなるだろう。

「凄《すご》いじゃない！　これなら色んな服に合わせられるわ！」

「穴も開けられるなら隙間なく、それでいて柔軟性《じゅうなんせい》も維持《いじ》出来そうね！」

どうやら裁縫組に火をつけてしまったらしい。防御力《ぼうぎょりょく》だけを考えれば今のままでも十分に使えると思うのでこれからは使いやすさに重点を置くようだ。

鍛冶組にしても裁縫組にしても、加工時に出た鱗の粉末は鍛冶に使ったり万能薬に使ったりするので無駄なく使えそうだ。


生産組を見て回ったがやっぱり問題は鱗の加工だろう。竜の爪や牙のおかげで切ったり削ったり穴を開けたりくらいは出きるようになったがそれ以外はなんの進歩もない。やはり錬金術師のおばあさんが言うようにドワーフを探して聞いてみるしかないのかな。しかし、そのドワーフが見つからない。商人組に頼んで王都や港町にいないか調べてもらったが残念ながら見つからなかった。ところが予期せぬところからドワーフの手がかりを見つけることが出来た。

「ドワーフ？　そんなの港に行けばたくさんいるぞ？」

そう言うのは港町に行っていた冒険者組《ぼうけんしゃ》だ。彼らが言うにはドワーフは船乗りとして港町に来ているらしい。ドワーフは鍛冶師、なんてイメージが出来ていた為《ため》に『ドワーフの鍛冶師』を探していたので見つからなかった可能性もある。しかし、ドワーフが見つかったのなら彼らから鍛冶師の情報は聞けるだろう。直接聞きに行きたかったが今度港町に行く冒険者組にお願いして聞いておいてもらうことにした。

冒険者組が港町に行き話を聞いて交代の冒険者組が帰るまで時間がかかるので、その間は薬と防具の量産をした。鱗《うろこ》の粉末は裁縫組からも出るので新しい鱗を粉末にする作業は無くなっていた。裁縫組が張り切っているのかそれなりの量が出来ているので、錬金術師のおばあさんと値段や売る相手を相談した。鱗を使った薬はおばあさんに及第点《きゅうだいてん》を貰《もら》えたので少しずつ売り出し始めた。おばあさんが売るであろうご近所さんには売らないようにしたのだが、おばあさんは別の薬に鱗を使うとの事でフレイの町では孤児院《こじいん》の独占販売《どくせんはんばい》になった。独占販売と言っても孤児院は悪どい事はしないので値段は少し安めになっていた。

裁縫組は順調にアイテムを増やしていった。まずは鎧《よろい》をあまり着けない冒険者組後衛用の防具に始まり前衛用の革鎧の強化。木工組も負けじと木を削って鱗をはめ込んだ改良型革の盾なんかを作っていた。

作られた防具を『鑑定《かんてい》』してみたところ『風耐性《たいせい》』が付いていた。しかし、アイテム的に鱗の防具ではなく防具に鱗を付けた物という中途半端《ちゅうとはんぱ》な物だったので『風耐性』の性能も今一つだった。多分鱗を何かしら加工出来ればしっかりとした性能になるだろう。代わりに盾の方は鱗に合わせて加工したからか『風耐性』が防具よりも性能が良かった。それに防御力というか堅《かた》さは申し分無く軽くて硬い盾が出来ていた。

お次は鍛冶組。と言っても彼らは風竜の素材を加工出来ないので粉末を混ぜこんだ武器の作製をしていた。そして、完成したのが少しばかりの『風属性』が付いた武器だった。『風属性』の効果はわずかに軽くなる事と以前会ったゴーストの様な物理攻撃《こうげき》が効かないモンスターにダメージを与《あた》えられる点か。どちらもそんなに性能が良いわけではないので効果は微々《びび》たる物だがゴーストにダメージを与えられるのは前衛職には有りがたいことだろう。

逆に軽くなる事は場合によっては困るので注意が必要だ。例えばハンマーや斧《おの》の様な物は重さが攻撃力《こうげきりょく》に繋《つな》がるからね。逆にナイフみたいな物は軽ければ持ち運びには便利なのでナイフや片手剣《けん》を鍛冶組には作ってもらおう。というか、うちの冒険者組はあまり大型の武器は使わないのでそんなに関係は無いのかな。一応一通りの武器は作っておいてもらおう。


「お～い、色々と聞いてきたぞ」

生産組と鱗のアイテム作りをしていると港町から冒険者組が帰ってきた。帰ってきたのはドワーフについて調べてくれと頼んだ人達《たち》ではなく交代してきた冒険者組だ。だが、港町でちゃんと伝えてくれたようでドワーフの事もしっかり調べてくれたようだった。

「シュウが言ってた呑《の》みに行けば良いってホントだったな、色々教えてくれたぞ。それにうちの店がドワーフの溜《た》まり場《ば》になっちゃったよ」

漫画やアニメでは「ドワーフは酒呑み」ってイメージがあるから話をするなら酒場で、って言っておいたんだけど、正解だったみたい。実際は酒場じゃなくてうちの屋台にしたみたいだけど、おじいさん用に色んなお酒を買ってたから種類が豊富でそれが良かったのかな？　それに酔《よ》った勢いで色々話してくれるかも、と思ったけどドワーフは酒を呑んでも酔わないイメージがあるから無理かもしれないな。でも、話は聞けたみたいだから問題ないだろう。

「で、話を聞いたドワーフ達は船員なんだけど船大工らしいぞ。ドワーフが住んでる国ってのがどうやら島らしくてな、船をけっこう作ってるんだと。で、船関係の仕事をしてるドワーフは多いらしくて船大工がそのまま海に出ているそうだ。船大工がいれば簡単な修理も出来るしな」

なるほど。ドワーフの国はどこかの島なのか。それで船作りが盛んで作った船にそのまま乗る感じなのかな？　確かにこの世界の海はモンスターもいるだろうし不測の事態に備えてたら船大工が乗ってるのはありかもしれないな。で、肝心《かんじん》の鍛冶師はどうなったんだ？

「ん？　あぁ、鍛冶師の事も聞いてきたぞ。基本は国にいるけど何人かはダンジョン都市にいるらしい。新し物好きが多いらしいけど腕《うで》は確かだってさ。一応近場のダンジョン都市にいる知り合いの名前も教えてもらったぞ」

ダンジョン！　異世界作品ではよく聞く名前だ。モンスターや罠《わな》があり、お宝も眠《ねむ》ってるってやつだな。やっぱりこの世界にもあったのか。でも、今までダンジョンの話を聞かなかったから無いのかと思ってた。それか、数が少ないのかな？

「何言ってんだ？　竜の森はダンジョンと変わんないだろ？　竜の森が近くにあるのにわざわざダンジョンに行く奴《やつ》なんかいないだろ」

確かに言われてみれば罠やお宝は無いけれどモンスターも多くいるし豊富な素材もある

からダンジョンみたいなものか。だが、クルスくんを始め何人かの冒険者組、というか男の子達はダンジョンに興味を持ったみたいだった。

「なぁ、ダンジョンって遠いのか？」

「俺達《おれ》でも行けるのかな？」

すでにドワーフの事を忘れたようにダンジョンについて聞いていた。しかし、あくまでもメインはドワーフだ。

「みんな、目的はドワーフだよ？　ダンジョンは別の機会にね」

一言言うと納得《なっとく》してくれたのかドワーフの話に戻《もど》った。しかし、近場のダンジョン都市とはいえ、存在するのは隣《となり》の国だとか。となると、隣の国まで行かなくてはいけないんだけど、誰がどうやって行くかが問題になってくる。一応王都や港町へは行っているので旅は問題ないと思うけれど隣の国だと最低でも王都の倍の時間がかかる。軽く見ても一ヶ月はかかるかな。

それに行くなら商人組なんだろうけど冒険者組がダンジョンを知って行きたがってるからなぁ。あんまり皆《みな》が行っちゃうと王都や港町への人数が足りなくなっちゃうしどうしたもんかな。

港町に行っていた冒険者組のおかげでドワーフの鍛冶師の居場所がわかった。しかし、その場所は隣の国と遠く、さらにダンジョン都市という事で冒険者組も興味を持ってしまった。

どうしようかと皆で話し合っていたら冒険者組が解決策？　をもってきた。

「シュウ〜、また旅に出ないか⁉」

冒険者ギルドから帰ってきた冒険者組からこんな事を言われた。旅というのは以前護衛として王都へ行った時の事のようで、また護衛兼一緒《けんいっしょ》に行商をしようとの事らしい。

「なに、また王都に行くの？　それとも港町？」

「いや、ダンジョン都市だ」

ダンジョン都市？　さすがにタイミングが良すぎるだろう。しかし、話を聞くと間接的におじいさんが原因のようだ。

というのも王都に風龍《ふうりゅう》が現れた事により王都が混乱した。その為王都は警備を強化するために近隣《きんりん》に配備されていた兵士を王都に集めた。しかし、それによって一部の地域で兵士が不足してしまった。それが今回問題となった。国境付近に盗賊《とうぞく》が現れたらしい。それも、それなりの規模の盗賊のようで兵士が戻ってきても捕縛《ほばく》も討伐も出来ずにいた。それは、国境付近のために国境を兵士が越《こ》えられず盗賊に逃《に》げられてしまうためだ。かといって兵士を増やして盗賊退治をすると隣国《りんごく》から戦争準備か⁉　と要《い》らぬ疑いをかけられてしまうので盗賊は未《いま》だに動き回っているらしい。当然兵士達も頑張《がんば》っているのだが盗賊の方が一枚上手のようで商人達も自衛するために、孤児院の戦力、というかクイーン達に期待してこちらに相談してきたようだ。それと目的地がダンジョン都市なのも誘《さそ》ってきた理由の一つで、俺達が主力としているポーション類がダンジョン都市でよく売れるらしい。確かにダンジョンなら回復薬は売れるだろう。新しい売り先としてはダンジョン都市はありだな。新しく作った万能薬も売れると思う。

「人数とか行く日とか決まってるの？」

「いや、これから決めるんだよ。とりあえず院長先生にも許可を取りたかったし確認してから話し合うことになってる」

「行く人は前と同じ人達？」

「あぁ、同じ人もけっこういるぞ」

行くことは決まってるけど細かいことは決まってないのか。いや、院長先生に許可を取るならおじいさん達にも相談した方がいいか。

後日院長先生、おじいさんに相談したところしっかり対策をとるならと許可をもらえた。当然すんなりとはいかず院長先生やシャルちゃんからは「シュウはまだ成人してないのだからいけません」とか「盗賊が出る危険な場所に行ってはいけません」とか言われたが、「冒険者ならいつかは護衛として戦うかもしれないから仲間が多い方が安全だ」とか「出る場所は大まかにわかっているから対策すれば平気だ」とこちらも説得し、なんとか許可をもらえたのだ。もちろんおじいさんが一緒に行くことが説得材料の一つだった。その為行くメンバーはいつものメンバーになってくる。妹ちゃんはサクヤちゃんと旅行が出来ると喜んでいるしクルスくんは「ダンジョンだ！」と冒険者組と色々話している。イリヤちゃんは商人組のところで話し合いをしている。俺は「アイテムボックス」の荷物整理でポーションなんかを補充《ほじゅう》しておこう。行くことが決まった俺達は出発の準備をし始めた。

商人組も一緒に行く商人達と相談して人数やダンジョン都市に行くためのルートの確認なんかをしていた。

ちなみに従魔《じゅうま》達はぴーちゃんにクイーン、子狼達にミュウのいつものメンバーに馬車を引く馬達だ。本当は狼《おおかみ》の数を増やしたかったけど道中餌が用意出来るかわからないので最低限のメンバーになった。

……最近ミュウは一緒にいるけど家族と過ごさなくて良いのだろうか？

そんなこんなでダンジョン都市に行く準備は進んでいった。といってもほとんどポーションの類で荷物は終わるのだが一部竜の森の素材を持っていく。何か売れたら儲《もう》け物だ。そうだ、海鮮《かいせん》商品も持っていこうかな。塩もあった方がいいか？　他の商人に聞いてみた方が良いかなぁ……。

数日過ぎると他の商人達の仕入れも終わり俺達はダンジョン都市に向けて出発することになった。

ダンジョン都市に向かうのは馬車約二十台、人数も馬車一台に商人兼御者《けんぎよしゃ》一人に護衛が数人いて総勢百人以上の大所帯となった。孤児院からも馬車三台に従魔達、俺達の他に商人組と冒険者組を合わせて十二人とかなりの人数だ。

さすがに盗賊もこの集団に襲《おそ》いかからないだろうと院長先生は安心してくれたみたいだけど、何があるかわからないのでしっかり警戒《けいかい》はしておこう。というか、この人数がダンジョン都市に行ったら売る商品が大量に出回って値下がりしないか心配したのだが、商人さん達に話を聞くと一緒に行くのは国境を越えた所まででその後は隣国の王都や大都市に分かれてダンジョン都市に行くのは半分くらいになるらしい。この集団は国境を越えるための集まりらしくギルド経由で集めたようだ。さすがに知らない人がいるのは不安なので誰かしら知り合いで繋がっているみたいだけど知らない人もけっこういるみたいだし、旅の途中《とちゅう》は自己紹介《しょうかい》をしなきゃいけないんだろうな。


「そういえば真《ま》っ直《す》ぐダンジョンに向かうのか？」

馬車に揺《ゆ》られ進んでいる途中、クルスくんから質問が。

「最初は港町だよ。それから関所を越えて隣の国のちょっと大きな町でそれぞれの目的地に向かうんだよ」

「なんで港町に行くんだ？」

「皆で塩を買いに行くんだよ。隣の国では塩が確実に売れるらしいから荷台に積めるだけ買ってくよ」

隣国は海に面していないので塩が確実に売れる。まぁ、塩を買う国はこの国以外にもあるので高くは売れないが確実に利益は出る商品だ。商人達も竜の森で色々仕入れたが塩を買う分の馬車の空きは作ってある。ちなみにその馬車の空きに護衛が座《すわ》っているので港町に行くまでは早く進む。港町で塩を買ったら護衛達は歩きになるので進むペースは落ちてしまうだろう。

港町への途中、村や町には寄ったのだがさすがにこの人数では宿を取るのは難しかったので野営となった。ただ、普通の野営と違《ちが》って馬車も人も多かったので夜の見張り等はやりやすかった。食事に関してはこの辺りならばまだ慣れているのでクイーン達が狩《か》ってきた肉をスープや肉串《にくぐし》にしてお裾分《すそわ》けしたりして他《ほか》の商人達の護衛の人達とも打ち解ける事が出来た。

その中でダンジョンについての話も聞けた。隣国に向かうということは隣国から来た人もいるわけでその人達から話が聞けたのだ。商人からは隣国やダンジョン都市で売れそうな商品、お買い得な商品など。売れそうな商品は出発前に教えてもらいたかったが、知り合えたのが出発後なので仕方がない。港町で仕入れられる物だけで我慢《がまん》しておこう。

冒険者組は護衛の人達からダンジョンについて聞いていた。竜の森とは違いダンジョンにはお宝があるので一攫千金《いっかくせんきん》を狙《ねら》う冒険者は数多くいるらしい。出てくるモンスターも階層毎《ごと》に決まっているようなので、新米冒険者も無理なくダンジョンに挑《いど》めるらしい。ちなみにダンジョン自体の構造はわからないが、建物の様にある程度の広さの階層に分かれていて、何階あるのかもわかっていないらしい。しかも、その階層は洞窟《どうくつ》風だったり遺跡《いせき》風だったり森だったり、色々なのがあるようで、なぜそうなっているのかも謎《なぞ》らしい。つまり、ダンジョンは謎だらけ、ということだった。
そして、竜の森との大きな違いが罠だろうか。入口に近い階層はモンスターも弱く罠も簡単な物なので、浅い階層で罠を発見、解除の練習をするんだろう。罠は入口から遠くなる、深い階層になるほど見つけ辛《づら》く凶悪《きょうあく》な物になってくる。例えばスイッチを押《お》すと作動する罠では、浅い階層では小石が飛んでくる程度なのが、段々と石が大きくなり、矢に変わり、矢に毒が塗《ぬ》られるようになるのだとか。石が飛んでくるだけで当たり所が悪ければ死んでしまうが罠に引っ掛《か》からないように誰《だれ》かしらがそういう技能を持たないとならないだろうなぁ。少なくともクルスくんに頼《たよ》るのは危険そうだな。

簡単な自己紹介に情報交換等を話していると港町に到着《とうちゃく》した。ここはそれなりに大きな町なので宿が沢山あり一部の商人、冒険者は宿に泊《と》まることになった。行商人やお金の無い冒険者は野宿するというので港町孤児院に誘った。建物に泊まるのは難しいけど安心してテントを張れるからね。こんな大きめの町で野宿？　と思うかも知れないけど懐具合《ふところぐあい》や契約《けいやく》によって野宿は普通にありえることだ。うちには冒険者組がいるから頼《たの》むことは無いだろうけど、もし護衛を頼んだらほとんど野宿だろうな、従魔達がいるから普通の宿には泊まれないので……。

港町では仕入れもあるので二泊《はく》するとのこと。隣国から来た人たちは来るときに注文していたらしく足りないものを揃《そろ》えるだけで仕入れは終わるらしい。俺達のようにこれから向かう人達は色々探して仕入れなければならないので一日余分に泊まるそうだ。まぁ、俺達は港町孤児院から仕入れるから時間を気にする必要は無いので自由行動になった。とは言っても俺は『アイテムボックス』にしまう作業があるので自由はない。

うちに泊まった商人達はここで仕入れが出来ると知り喜んで買っていた。護衛の冒険者《ぼうけんしゃ》達は暇《ひま》そうにしていたので漁の手伝いや魚の解体の手伝いをお願いした。報酬《ほうしゅう》は食事だ。好きな魚が食べられるので冒険者達は楽しそうだった。

港町孤児院では塩や干物《ひもの》を仕入れた。干物はダンジョン都市まで持つかはわからないけど、怪《あや》しかったら途中で売ればいい。後は乾燥《かんそう》させた海草も用意してみた。食べるのか出汁を取るのかは道中試《ため》してみよう。

港町で二泊した朝早くに俺達は出発した。宿に泊まった商人達も仕入れはしっかり出来たようで馬車は荷物で一杯《いっぱい》になり港町に来るまで乗っていた護衛達は歩くことになった。

大半の人間が歩くことになったので早めに出発したのだが、これから向かうのは隣国、その前に関所なのでしっかりとした街道《かいどう》を通る。ゆっくり歩いても一日位の距離《きょり》に村や宿場町、野営場所があるので一日の目標はそこになる。

てくてくと歩いているがこの辺りは王都や港町が近いので道もしっかりしているし、人も多い。盗賊もこんな所には出ないので安心して進める所だ。

途中少し寄り道をして街道から離《はな》れた村にも立ち寄った。一緒《いっしょ》に行ってる商人さんが普《ふ》段《だん》行っている村のようでついでに寄ったのだ。他の商人達も行商の大切さを知っているので少しばかりの寄り道に文句も言わずにいた。

盗賊が出るかもしれないからと大きな集団となった商隊だったが盗賊がいないのかこの人数を恐《おそ》れてかはわからないが襲われることもなく暇だった。クルスくんだけでなく若手冒険者達も平和な旅に気を緩《ゆる》めていた。妹ちゃんに至ってはクイーンにまたがって走り回っている。サクヤちゃんはそれを羨ましそうに見てるけど、サクヤちゃんもクイーンに乗りたいのかな？　まさか、妹ちゃんに乗ってもらいたいってことじゃないよね⁉

「ピュイ〜！」

しかし、そんな平和な旅は長くは続かない。最初に気付いたのはぴーちゃん。続いてクイーン達。最後に何人かの獣族、獣人族だった。

「ウォンッ！」

「みんな、止まれ！」

「何か聞こえたぞ！」

「これって血の臭《にお》いか!?」

商隊が止まり、商人のリーダーの所に何人か集まり話し合いを始めた。護衛の冒険者達は周囲の警戒を今まで以上にしていた。その隙《すき》に俺はぴーちゃんとクイーンに話を聞いた。ぴーちゃんからは道の先で馬車が停《と》まっているのが見えたと。クイーンからは金属がぶつかる音と血の臭いがしたと。となると馬車が盗賊に襲われてるのか？

俺は商人リーダーにぴーちゃん達からの情報を伝えた。馬車のことまではわからなかったみたいだが、音と臭いから盗賊が出たことは予想していたみたいだ。

「何人か偵察《ていさつ》に行ってくれ。残りは周囲を警戒しつつ進むぞ」

話がまとまりリーダーから指示が出ると皆が動き出す。偵察は足の速い獣族、獣人族が中心に行くことになりうちからはクルスくんとイリヤちゃんが行くことに。クイーンも行きたそうにしているので一緒に行ってもらおう。

偵察に行く冒険者は素早《すばや》く準備を整えると少し街道を逸《そ》れながら走っていった。馬車の場所は空からぴーちゃんが教えてくれるのでクイーン経由でおおよその場所はわかるだろう。

そして、偵察隊が出発して姿が見えなくなる頃《ころ》気付いてしまった。……妹ちゃんがいない！

近くにいないから見えないだけかと思い呼んでみたが妹ちゃんからの返事はない。最後に妹ちゃんを見たのはどこだ？　と考えると一つの可能性にたどり着いた。

（クイーン、聞こえる？　もしかして背中に誰かいる？）

（ガウッ！）

うわぁ、やっぱり妹ちゃん、クイーンに乗ったままだった。それに、ぴーちゃんからはおじいさんがこっそりついてきていると教えてもらった。残念ながらサクヤちゃんだけが残った形だ。しかし、行ってしまったものは仕方がない。ぴーちゃんとクイーンに妹ちゃんの護衛をお願いし、こちらも盗賊に備えよう。

商人リーダーの指示で馬車を近付け一塊《ひとかたまり》にし索敵《さくてき》が得意な冒険者が周囲に散っていった。俺は商人として来たのだが、今はそうも言っていられないので『魔力《まりょく》探知』で周囲を探《さぐ》る。従魔で残っていたミュウも馬車の上にのぼり音を警戒してくれている。

本当なら盗賊に近付きたくはないのだが、この人数なら襲われている馬車を助けられるかもしれないからと商隊はゆっくりとだが進んでいく。護衛の冒険者達も隊列というほどでもないがお互《たが》いをカバーし合える距離を保ちながら歩いていく。ゆっくりと、でも助けが間に合うかもと気持ち急いで進んでいく。途中周囲を見に行った冒険者が戻ってきたが盗賊らしき姿は無かったそうだ。だが、油断は禁物、戻ってきた冒険者は先行して警戒することになった。

「キュイ！」

冒険者が先行して少しするとミュウが何かに気付いたようだった。

「どうしたの？　盗賊？」

「キュイ！　キュイッ！」

どうやら離れた所に誰かが隠《かく》れてるみたいだ。おそらく盗賊の見張りだろう。幸いにも隠れてるのは一人だけみたいなので商人リーダーに話をしてミュウに偵察に行ってもらった。その間にこちらも何人かの冒険者に声をかけていつでも動けるようにしておいた。

「キュイッ！」

ミュウの鳴き声が聞こえたので数名の冒険者がそこへ向かった。そして、戻ってくると一人の男を捕《つか》まえていた。連れてこられた男は冒険者のような格好をしていた。どうやら気絶しているみたいだけど、格好からすると盗賊じゃなかった？　もしかして、間違《まちが》えたかと思ったが男の近くに連絡《れんらく》用の狼煙《のろし》やら毒らしき物もあったので盗賊で間違いないだろうとの事。しかも、現場に着いたらすでにミュウが気絶させていたらしい。人違いの可能性もあったので一言連絡してほしかったなぁ。

捕まえた男を起こすと冒険者達が取り囲み、怯《おび》えた男は盗賊だと白状した。その男はこの先で馬車を襲っているのも盗賊だと白状したので商人リーダーの指示で大声を出しながら進むことになった。この盗賊団は組織だっているみたいなので大人数が来れば撤退《てったい》するだろうと予想しての事だ。

引き続き周囲を警戒しながらさっきよりも急いで進む。クイーンやぴーちゃんが気付くほどの距離なのですぐに遠くに馬車が見えてきた。こちらの大声に気付いたのかクイーンと子狼達の遠吠《とおぼ》えが聞こえてきた。よく見ると手を振《ふ》ってる人もいる。どうやらこちらの予想通り盗賊は逃げていってくれたのだろう。

「遅《おそ》かったな、もう盗賊どもは逃げてったぞ」

襲われていた馬車に追い付くとクルスくん達がこちらに駆《か》け寄ってきた。他の冒険者は商人リーダーの所に向かい、商人リーダーは襲われていた馬車に向かっていった。

「盗賊もクイーンとおチビにやられてほとんど出番がなかったぜ」

「そうよ、なんでこっちに来させたの!?　びっくりしたじゃない！」

クルスくんはクイーン達の活躍《かつやく》に悔《くや》しそうにしているが、イリヤちゃんはなぜか一緒に来ていた妹ちゃんに驚《おどろ》いていたようだ。こちらもいない事に気付いて驚いたので今後はしっかりと確認し合おうと話し合った。

まぁ、皆無事だった事だし何があったのか聞いてみようかな。

血の臭いに剣がぶつかり合うような音を聴《き》き、俺達は走り出した。先頭を走るのはクイーンだ。単純な速さならクイーンには敵《かな》わないから仕方ない。しかし、なんでおチビがクイーンの背中にいるんだ？　後でシュウに怒《おこ》られても知らないからな？

俺の後にはイリヤがついてきてる。何人かの冒険者も俺と並走している。少し遅《おく》れてるのもいるから並走してる冒険者はなかなかやる奴なんだろう。

周囲を警戒しながら音のする方に進むと何台かの馬車とそれを守る冒険者。そして、その冒険者達を囲むように盗賊らしき奴らが攻撃していた。

何人か倒《たお》れてる人が見えるけど、冒険者じゃなくて盗賊っぽいな。だけど、冒険者達も血だらけだ。このままじゃやられちまう！

「でやっ！」

走る速度を上げた俺はそのまま一番近くにいた、こっちに背を向けてる盗賊を切りつけた。

「がっ！」

「な、なんだ⁉」

「どうした！」

「うわっ！」

「ちっ、狼か⁉」

盗賊に最初に攻撃したと思ったらすでにクイーン達が盗賊に襲いかかってたみたいだ。その後も盗賊達の背後を走り抜《ぬ》けながら攻撃してる。おチビも何かを投げてるみたいで、投げられた盗賊が悲鳴や笑い声……笑い声？　をあげて倒れてく。クイーン達は馬車を走り抜けると街道から森に入っていった。何すんのかわかんねぇがこっちはこっちで盗賊退治だ！

「大丈夫《だいじょうぶ》か⁉　援護《えんご》する！」

一緒に来た冒険者が馬車に向かって叫《さけ》んだ。

「助かる！　奴らは森から出てきた！　まだいるかもしれない、気を付けてくれ！」

そうか、クイーン達はそれを探しに行ったのか。って思った途端《とたん》に森からクイーンの声と盗賊らしき悲鳴が聞こえてきた。これは負けられないな。俺は改めて盗賊どもを見た。

そして、近くにいた奴に切りかかった。

「おりゃ！」

俺は難なく盗賊を切ると次に向かおうとした。


カンッ！　カンッ！　カンッ！　カンッ！


すると、どこからか金属を叩《たた》く音が聞こえてきた。

「野郎《やろう》共、ずらかるぞ！」

「おうっ！」

「へいっ！」

「なっ、お前ら逃げるな！」

音が聞こえた途端、盗賊達は逃げ始めた。俺は追いかけようとしたのに、

「クルス！　怪我人《けがにん》の治療《ちりよう》が先よ！」

とイリヤに止められた。確かに護衛の冒険者は血だらけでヤバそうだ。

「ポーションは使ったのか？」

「もう使ってるわ。私のだけじゃ足りないからクルスのも出して」

イリヤに言われて腰《こし》のポーチからポーションを取り出して渡《わた》した。このポーチも魔法《まほう》の鞄《かばん》でポーションは多めに入ってるんだけど、シュウに人前では数本しか使うなと言われてる。イリヤも同じのを持ってるけど同じくシュウに言われてるから全員分無かったんだろう。というか俺のも合わせてても足りなそうだ。

「おチビの分も持ってくる」

過保護なシュウはおチビにもポーチを持たせてる。しかも、重さが軽くなる良いやつで水や食べ物も持たせてる。そのおチビの分を合わせれば冒険者の分は足りるだろう。

クイーン達が消えた森に行こうとしたら向こうからクイーン達がやって来た。クイーン達は口に盗賊の服を咥《くわ》え引きずって連れてきていた。どうやらクイーン達もおチビも怪我《けが》は無さそうだ。

「おチビ！　他にもいるのか？」

「いるよ！」

盗賊の仲間がまだいるみたいだから、一緒に来た冒険者に回収を頼もう。あまりおチビをウロチョロさせるとシュウに怒られそうだ。

その後、おチビのポーションも使ってるとシュウ達の馬車がやって来た。

というのをクルスくんが身振《みぶ》り手振《てぶ》り全身を使って説明してくれた。向こうでは妹ちゃんがサクヤちゃんに同じように熱演している。なぜかおじいさんは盗賊役で倒れているけど……。

結果的には上手《うま》くいったようだけど、とりあえず勝手に行った妹ちゃんといきなり攻撃したクルスくんとクイーンを叱《しか》っておこうかな。

「おおっ、君があの狼達の飼い主か。それにポーションも助かった！」

クイーンやクルスくんの事を話そうと商人リーダーや襲われていた商隊が集まっている所に向かうと商隊の人が話しかけてきた。どうやら商隊のリーダーらしくお礼を言いに来たようだ。

「君たちのお陰《かげ》で誰も死なずにすんだよ、ありがとう。ポーションの代金はしっかり払《はら》わせて貰うよ」

こちらの増援《ぞうえん》、というか本来は偵察隊はギリギリ間に合ったみたいだ。こうなるとクイーン達は正しかったことになるがそれは運が良かっただけかもしれない。それに使ったポーションもお金を払ってくれるみたい。ポーションの効果も実感してくれただろうし宣伝もしてくれるとありがたいんだけどなぁ。

俺が来たのがちょうど良かったのかそのままリーダー達に交ざって話し合いに参加した。襲われていた商隊はけっこう大きな商会らしく各地の大都市に支店をいくつも持っているらしい。当然王都や港町にも支店があり、この商隊が各支店に商品を輸送している。大きな商会なので護衛は俺達よりランクが上の冒険者《ぼうけんしゃ》を雇《やと》っていてそのお陰で持ちこたえられたのだろう。その冒険者達も全身傷だらけだったらしいが致命傷《ちめいしょう》は無く、誰も死んでいない。さすが高ランク冒険者だと思う。

状況《じょうきょう》がわかったところで馬車を移動させることになった。いつまでも同じ所にいてまた盗賊に襲われたらたまらないからだ。襲われていた商隊と一緒に列を作り少し速めに移動した。休憩《きゅうけい》もそこそこに進むと野営が出来る所に日が暮れる前に到着した。

ちょっとした強行軍だったので襲われていた人達は疲《つか》れきっていた。その為こちら側の冒険者が見回りを担当することになった。まぁ、今までより少し馬車が増えたくらいでやることはあまり変わらないんだけど、こちら側の商人達はここぞとばかりに大商会と繋がりを持とうと話をしている。本当ならうちも行くべきなんだけど、正直大商会のお店がある街が同じだからライバルになるかもしれないんだよなぁ……。

「聞いたよ、あのポーションは君達が作っているんだって？」

食事の仕度《したく》をしていると大商会のリーダーがやって来た。やはり商隊を任されるだけあって、こんな状況でも良い商品は見逃《みのが》さないんだろう。護衛の冒険者だけでなく、盗賊達にもポーションを使ったので効果は実証済みだしね。ちなみに盗賊達には低ランクのポーションで最低限の傷しか治していない。これは以前会った盗賊の時と同じで賞金が出る場合があるし、犯罪奴隷《どれい》としても売れる可能性がある。何より今回はこの地域を騒《さわ》がせている盗賊団の一員だ。上手く行けばアジトが見つかるかもしれない。それに、人を殺すのは抵抗《ていこう》があるからな……。

で、その効果の高いポーションに目を付けたのでこっちにやって来たそうだ。商人組に対応してもらいたいんだけどポーションの在庫の確認《かくにん》もあるからと俺も付き合わされた。まぁ、「アイテムボックス」に山のようにあるのでいくらでも売ろうと思えば売れるのだが、今回は教えてもらったダンジョン都市のお店にも売らなきゃいけないのでそこそこの数で勘弁《かんべん》して貰《もら》おう。

大商会との話し合いは続き、盗賊達の話になった。彼《かれ》らが言うには倒したのがクイーン達なので権利が俺達《たち》にあると。だが、クイーン達は勝手にやったことだし、他の冒険者達も協力してくれたので独《ひと》り占《じ》めのような状況はあまり好ましくない。しかし、さすが大商会、良い解決策を教えてくれた。といっても話は単純だ。おそらく国境都市では事情聴《ちょう》取《しゅ》というか、盗賊について色々聞かれ、手続き等で数日はかかるというので、その間に飯や酒を奢《おご》れ、ということだ。いわゆる幸せのお裾分けみたいな物か？　その話に聞き耳を立てていた近くにいた冒険者が喜んでいたのでその案を採用することにした。

次の日、日が昇《のぼ》る前に俺達は出発した。国境都市に今日中に着きたいというのもあるが、盗賊が十人以上いるので早く兵士に預けたいのだ。一応冒険者に先に行ってもらい、連絡はしているのだが、盗賊が暴れても困るし、仲間が取り返しに来るかもしれない。こちらが捕まえてることを知らなくても仕返しに来るかもしれないのでゆっくり休めないのだ。

まぁ、結局盗賊の襲撃《しゅうげき》は無く、無事に昼頃《ひるごろ》に国境都市にたどり着いた。先行した冒険者はしっかりと話を通してくれたようで着く前に十数人の兵士が待ち構えていた。兵士への対応は商人リーダーと襲われていた商人達がやってくれた。途中クルスくん達や俺を通訳にクイーン達の話も聞いてきたのだがいつまでも街の前で話しているわけも行かないので街中へ移動した。この時捕まえてた盗賊は兵士に渡したので先に連れていかれた。

街に入る手続きは優先してやってくれたので、すんなり街に入った俺達はまず宿を探すことになった。この街は国境に面しているので商人や冒険者の行き来が盛んなため宿屋も多くある。また、国を跨《また》ぐ移動なので馬車を使うことが多く、馬車屋だけでなく宿屋に馬車を預けられる所も多く存在した。今回泊まる宿屋は一緒に来た商人から紹介してもらった。

一緒に来た商人達は行商をメインにしているためこういう街には定宿がある。ただ、この世界には電話やメールなどが無いために予約というものが出来ない。なので、いきなり行くと満室の可能性があるため、宿屋が沢山《たくさん》ある街では最低二つは信用出来る宿屋を調べておけと言われた。今日泊まる宿屋も商人が紹介してくれた所で何人か宿屋に泊まった事があるらしく、そういうところは期待が持てる。

その中でも偶然《ぐうぜん》宿泊客がいない所があったのでそこに泊まることになった。幸いなことに馬車や従魔がいると言ったら貸し切りにしてくれた。俺達の泊まるところが決まったら他の商人達や冒険者達も泊まるところを探しに行った。さすがに一緒に旅した全員で泊まれる宿屋は無いため、何か連絡がある時はここに集まることになった。商人リーダーの泊まる宿屋でも良かったのだが、最初に宿が決まった事と貸し切りになったから集まりやすかったのでここになった。

ついでとばかりに宿屋と一緒になっている食堂も夜は貸し切りにしてもらった。商隊の皆にも夜はここで食べるように伝えておく。皆が集まれば何か連絡があると伝えやすいからだ。もちろん盗賊の褒賞金《ほうしょうきん》での奢りも含《ふく》まれる。

他の商人や冒険者達が宿を探しに出掛《でか》けると、俺は宿屋の人にお肉の塊《かたまり》と香辛料《こうしんりょう》を渡しておく。クイーン達の食事用と夜の貸し切り用の食材だ。肉は「アイテムボックス」から取り出したのだが、あまり大量に出すと怪しまれるので明日クルスくん達には狩りに出掛けてお肉を取ってきて貰おう。


夜は全員が集まり宴会《えんかい》となった。紹介された宿だけあって料理も美味《おい》しかった。スープにしても、同じ「シャルちゃん特製スープの素」を使っているのに俺達が作るものより美《う》味《ま》かった。クイーン達にも山盛りの焼き肉が出されたのだが冒険者達が羨《うらや》ましそうに見ていた。お肉はまだあるはずだからそのうち出てくると思うんだけどね。

呑《の》みすぎて二日酔《ふつかよ》いになるといけないのでお酒は控《ひか》えめにしてあるのだが久しぶりにゆっくり休めるので皆《みな》楽しそうに飲み食いしていた。

「おにいちゃん、いってくるね！」

「でっかい獲物《えもの》期待してろよ！」

「イリヤちゃん、サクヤちゃん、皆の事宜《よろ》しくね」

次の日の朝、俺以外のメンバーに冒険者組が数人でクイーン達の肉を狩りに出発した。少なくとも後二～三日はこの街にいそうなのでクイーン達の餌《えさ》が足りなくなるからだ。本当ならクルスくんと従魔達、それと冒険者組で行く予定だったのだが、妹ちゃんが「あたしもいく！」と言い始め、サクヤちゃんが「……私も行く」となり、「なら、儂《わし》も行こう」とおじいさんが言い始めたのでイリヤちゃんに保護者としてついていってもらうことになった。本来はおじいさんが保護者なんだけどサクヤちゃんが絡《から》むとたまに暴走するからね。

狩りの場所は国境都市に来るまでにあった森にした。盗賊が出るかもと心配だったのだが、後少しすれば解決するだろう。

昨日の宴会前に盗賊についての情報があったのだ。商人リーダーや大商会の人が言うには、引き渡した盗賊からさっそく情報を引き出し、偵察し、次の日、つまり今日の朝数百人規模の兵隊で盗賊狩《とうぞくが》りに出発したのだ。なぜ昨日の今日でそんなに沢山の兵士がいたのかは簡単だ。盗賊が現れた原因である王都への出兵も終わり国境警備の人員が揃っていた事に加え、元々盗賊狩りを計画していたそうなのだ。ただ、盗賊のアジトを探すのに慎《しん》重《ちょう》に行動していたのだが、俺《おれ》達が盗賊を捕まえて情報を得たので動き出せたというわけだ。

何かあるといけないので兵隊が向かった方には行かないようにして皆は狩りに出掛けた。まぁ、おじいさんがいるから盗賊に会っても問題ないと思うんだけどね。

狩りに行かない俺は何をするのかというと国境都市での商売だ。何がいくらで売っているのかを確認しつつ、ギルドでポーションを売りさばく。帰りにも寄ると言っておけば追加注文があるかもしれない。それに、ここは兵士が沢山いるのである程度ポーションの需《じゅ》要《よう》があるはずだ。品物が良ければ売れると思う。

という事でまずは商業ギルドへ。予想通りポーションは品不足で喜んで買い取ってくれた。しかも、今は兵士が盗賊に対応するのに活動中なので少し高めに買ってくれた。もしダンジョン都市に定期的に行くならここにも売りに来る事を考えるべきだな。

それから塩や香辛料も売れた。ここは内陸地だし塩は大抵《たいてい》の所で売れるので、ダンジョン都市に行かなくてもある程度黒字にはなると思う。ただ、帰りに買って帰る物が無ければ馬車に空きが出来てしまってもったいないのでここを目的地にするのは考えてしまう。

商業ギルドでの用事を済ませたら、次は街中を散策。市場を中心に回って気になったお店も見ていく。

市場に行くと内陸地のはずなのに魚介類《ぎょかいるい》が多く売られているのに気づいた。屋台では焼魚が串焼《くしや》きで売られてる。よく見ると売られてる魚は川魚っぽい。

「おじさん、それとそれを10匹《ぴき》ずつ頂戴《ちょうだい》」

「あいよ！　熱々を焼いてやるからちょっと待ってな」

焼魚の屋台の中から見たこと無い魚のお店を選び注文した。そして、焼いてる間に色々話を聞けた。

まずこの国と隣《となり》の国の国境は川で仕切られていること。つまり近くに川があり、その向こう側が隣の国であると。焼魚を売ってるのはその川で捕《と》れるかららしい。そして、隣の国に行くには橋を渡るか渡し船《ぶね》を利用する。ただ、橋は利用料が高い。というのも実際に川を見てないのでなんとも言えないが、かなり幅《はば》のある川らしく建設がかなり大変で時間もお金も人手もかなり使ったらしい。今は壊《こわ》れないようにするのにもお金や人手がかかるので利用料がそれなりにする。安く済ませるなら渡し船が良いのだが、馬車の場合は馬が船を怖《こわ》がる可能性と船が沈没《ちんぼつ》する可能性があり基本的には橋を利用するのが良いとの事。

てっきり普通《ふつう》に陸続きだと思ってたけどしっかり他の商人達に聞いておけばよかった。

後で皆と見に行ってみようかな。


川魚を食べながら市場を見て回る。すると焼魚の他にも貝や蟹《かに》、海老《えび》なんかも売られていた。魚介類の種類は思ったよりも多いのだが塩が取れないためか味に物足りなさを感じている。これは塩を定期的に売れば安定した収入になりそうだな。塩といいポーションといい、売りに行くなら良い街だろう。


「おにいちゃ～ん！」

そんな事を考えながら市場を歩いていると遠くから俺を呼ぶ声が……。そちらを振り向くと沢山いた人が道を空け向こうからクイーンに乗った妹ちゃんがやって来た。道行く人はクイーンを見て驚き恐怖《きょうふ》する人もいたが、狼《おおかみ》の上に子供が乗っているので従魔だと思ってくれたのか安堵《あんど》の表情を浮《う》かべていた。

「おにいちゃん、おにくいっぱいとってきたよ！」

「ウォンッ」

まだお昼を少し過ぎたくらいなのにもう狩りが終わったの？　多分またおじいさんとクルスくんが張り切っちゃったんだろうなぁ～、あっ、クイーン達もかな？

「それをわざわざ知らせに来たの？」

「あのね、（もぐもぐ）かいたいてつだってほしいんだって！（もぐもぐ）」

俺達が食べていた魚や海老を見つけ、欲《ほ》しそうにしてたので妹ちゃんとクイーンに分けてあげた。そして、食べながらここに来た理由を教えてくれた。夜ご飯に間に合わせるなら早く手伝った方が良いので早速《さっそく》クルスくん達の所へ向かった。途中、クイーンに気付いた他の商人の護衛の冒険者達に出会ったのでついでにその人達にも手伝いをお願いした。彼らもそれが夜ご飯になるとわかったので喜んで協力してくれた。


「おぉ～、海みたいだな」

「でも、海の匂《にお》いはしないぞ？」

「あれが橋か。でかいな！」

解体するのに水が必要なので国境である川に来てみた。街中にも解体する場所はあるみたいなのだが、獲物の量が多いのと川を見てみたいとみんなが言うので来てみたのだ。そして、やって来た川なんだが、とにかくでかい！　川幅《かわはば》が下手をすると10キロメートル以上あるんじゃないだろうか？　少し離れた所には橋があるのだがそれもでかい。むしろあれくらい大きくないと橋を架《か》けられなかったんだろう。あの橋を渡るのにお金がかかるのは納得《なっとく》である。というか、どうやって作ったんだろう？

橋の反対、下流の方を見てみるといくつもの船が見えた。あれが渡し船なんだろう。もしかすると漁船かもしれないがこちらもかなりの数が見える。船を見渡《みわた》してみるが馬車が乗っている船は見当たらないのでうちも馬車は橋を渡った方が良さそうな気がする。

「じゃあ、さっそく解体しよう！」

冒険者組の声掛けから解体作業が始まった。獲物はファングボアにホーンラビット、数種類の鳥なので皆慣れた手付きで解体していく。冒険者達が解体している間に俺は商人組と火を起こし肉を焼く準備を始めた。妹ちゃんが魚を食べた事からクルスくん達がお昼を食べてない事がわかったからだ。まぁ、晩ご飯までそれほど時間がないし料理もそんなに出来ないのでただ肉を焼くだけだったのだが、手伝ってくれた護衛の冒険者達にも意外に好評だった。

クイーン達も骨をかじりながら満足そうにしていた。ミュウのおかげで美味しそうな草（ミュウ目線）も採ってきたようなので後でステップホース達にあげよう。

解体とプチ昼食を済ませるとお肉を宿の人に預けた。これで美味しい晩ご飯が作られるはずだ。手伝ってくれた冒険者達はそのままおじいさんと呑み始めてしまったので俺達は部屋へ。部屋で話をし始めると話は自然とさっきの川の話に。

「なぁ、俺達は船に乗るのか？」

クルスくんはそんな事を聞いてきた。確かに解体をしてる時、橋の方を見ると馬車が何台も行き来していた。逆に橋の反対を見ると船には馬車の姿は無く人が大勢乗っていた。なので、ほとんどの人は船で渡ると思ったのだろう。

「う～ん、船に乗った方が安く済むけど橋を渡ってみたくないの？」

「そりゃあ、あんなでかい橋渡ってみたいけど船も乗ってみたいんだよなぁ」

「あたしものりたい！」

クルスくんの船に乗りたい発言に妹ちゃんも賛成してきた。すると他《ほか》の子達も橋を渡りたいけど船にも乗りたいという子がたくさんいた。ならばと行きと帰りで交代する案を出すとみんな喜んで賛成してくれた。ただ、クイーン達は川に落ちたら危ないので橋を渡る事は決定だ。

食堂に行くと狩《か》ってきた肉料理が山のように出来上がっていた。おじいさん達も出来上がっていて楽しい晩ご飯となった。

「頭痛《いて》え……」

「ぎもぢわるい……」

「うっぷ……」

楽しい食事をした次の日、呑みすぎで二日酔いに苦しむ冒険者達を連れ商人達と一緒に兵士詰《つ》め所《しょ》に向かっていた。

というのも昨日の段階で伝言があり来るように言われたのだ。商人達が聞いた話だとすでに盗賊《とうぞく》は壊滅《かいめつ》させたようで、それについての話があるのでは？　とのこと。

商人達の予想では盗賊達のお宝を分けて貰えるのではと盛り上がっていた。本来なら盗賊が集めたお金や物は退治した人達の物になる。単純に持ち主がわからないし下手をするとすでにこの世にいないかもしれないからだ。なので、今回のお宝は兵士達、というかこの領主の物になるのだが、ここしばらく迷惑《めいわく》をかけられていた盗賊を俺達が捕まえ、その後に兵士達がアジトを襲《おそ》ったので横取りしたのでは？　と考える人が出るかもしれない。それを防ぐ為《ため》にお宝の一部を分け与《あた》えて横取りではないとするのではないかと予想したのだ。

こちらとしては、盗賊退治などしたくなかっただけなのだが貰えるなら貰っておこうという意見でまとまったのだ。

兵士詰め所に着くと訓練所らしき所に通された。そこにはいくつもの品物が置いてあった。剣《けん》や鎧《よろい》の武器防具、衣類に食器に家具となんでもある。

「今回の件、大変助かった。これは褒美《ほうび》だ、好きなだけ持っていけ」

やはり盗賊のお宝を貰えるみたいだった。しかも好きなだけとか太っ腹だな。

商人や冒険者《ぼうけんしゃ》達は早速物色し始めたのだが段々声が小さくなっていった。出遅《でおく》れた俺達も近寄って品物を見ると、う～ん、いまいち？　品質が悪いというか売ればいくらかになるだろうけど、これはお宝と言えるのか？

「多分領主や騎士団《きしだん》、兵士達が使わない残りだろうな」

近くにいた商人が教えてくれた。

「相手は商人だから売れば金になると思って要《い》らないものを渡してきたんだろ。実際売ればいくらかの金になるし、向こうも要らないものを処分できる。損しないだけましさ」

なんか廃品《はいひん》回収させられてる気分だけどくれる物は貰っておくか。

その後、皆と話し合い、武器防具は冒険者に、残りは商人で分け合うことになった。それなりの量があったが残り物は俺達が全部貰った。途中《とちゅう》でポーションを売ったので馬車に空きがあるから、と言ったが積めなければ『アイテムボックス』にしまっておこう。

冒険者が持っていく物は丈夫《じょうぶ》な物や性能が良さげな物を選んであげた。クルスくんがあれやこれや俺の所に武器を持って来て『鑑定《かんてい》』させられたので他の冒険者に『鑑定』スキル持ちだとバレたのだ。商人の中には『鑑定』を持ってる人が少なくないのだが、旅に出る人は少ないらしい。怪我したり死んでしまってはもったいないからだ。他の商人達からも気をつけるように言われてしまった。だが、せっかく『鑑定』持ちがいるならと商人達からも『鑑定』をお願いされてしまった。

こちらも逆に商人達から物の価値を教えてもらった。『鑑定』では名前や状態はわかっても値段や価値はわからないのだ。例えば塩なんかは海の近くでは安いし、内陸部なら高くなる。そういう知識を教えてもらった。

品物の中には掘《ほ》り出《だ》し物も見つけた。兵士達が使わないからかナイフなんかが多くあったのだが、いくつか魔鉄製の物があった。これは冒険者達が取り合いをしていた。魔鉄製品は欲しかったが何故《なぜ》か集められていた壊れた武器防具に魔鉄製の物が交ざっていたので俺達はこれを貰うことになった。

商人達も荷物にならずそれなりに利益が出そうな物を選び終えて兵士詰め所を後にするのだった。

兵士詰め所を出た俺達は宿に戻《もど》り、荷物をまとめ屋台でお昼を食べてから街の出口に再度集合した。お昼を過ぎてしまったがこの街を出発するからだ。橋を渡った向こうにある隣国《りんごく》の街で入国の手続きをするため向こうで一泊《ぱく》するのでこの時間でも大丈夫なのだ。ちなみにこちらの街での手続きはいつでも出発出来るようにすでに済ませてある。

他の商人や冒険者達もいつでも出発出来るようにしていたためそれほど時間もかからずに全員集合出来た。

「では、護衛の方達は船に向かってくれ」

商人リーダーの声で護衛の冒険者達は船着き場へ向かった。俺達からは妹ちゃん達が先に船に乗ることになっていた。残念ながら俺はクイーン達と一緒《いっしょ》に橋を渡る。いちおう俺の従魔だから何かあったときの為にいないといけないからだ。商人組と冒険者組も半分に分かれて早速橋へ。

橋の手前で利用料というか通行料を払う。それなりの値段だが維持費《いじひ》なんかを考えると安いのかな？

その橋を見るのだがでかい！　そして、広い！　大型の馬車でも横に10台は並んで走れそうだ。長さも数百メートルいや、1キロメートル以上あるかもしれない。よく石と木材だけでこんなのが作れるな。いや、魔法とモンスター素材の不思議な力のおかげなんだろうけど、凄《すご》いな。

橋には車道のように線は書いていないのだが左側通行らしく端《はし》に寄りすぎない程度に左側を進んでいく。川を見てみると船が流れに沿って斜《なな》めに進んで渡っていた。さすがに人を多く乗せたまま横切るのは難しいけど流れが緩《ゆる》やかな川なので斜めに渡れるみたいだった。遠目にクルスくんらしき人影《ひとかげ》も見えた。ぴーちゃんにも確認してもらったが合っているそうだ。妹ちゃん達も無事に船に乗れたようでゆっくりと川を渡っていた。

こんなにでかいのは初めてだが橋を渡った経験はあるのでこちらはそんなにではないが、渡し船組は楽しそうにしている。妹ちゃんやサクヤちゃんは身を乗り出して川を覗《のぞ》いたりしている。

（ドボーン）

橋の真ん中くらいに来ると遠くで水の音が聞こえた。見てみると誰《だれ》かが船から落ちたのか乗船した人達が慌《あわ》てていた。しかも、よく見たら妹ちゃん達の所だ。ぴーちゃんに確認してもらったら落ちたのはクルスくんみたい。そのクルスくんも船に戻らず泳いでるみたいで水飛沫《みずしぶき》を上げながら川岸に向かっていた。

橋を渡り終えるとすでにクルスくんは到着《とうちゃく》していて震《ふる》えていた。急いで火を起こして身体を暖めさせた。しばらくすると船組の皆も合流した。その頃《ころ》にはクルスくんも寒さから脱出《だっしゅつ》したが、船組の皆から叱られていた。下手したらクルスくんはもう船に乗せてもらえないかもしれないなぁ……。

川を渡り終えた俺達は隣国の街にたどり着き、宿を取り、入国手続きをした。街並みはあまり違《ちが》いが見られないがこれが初めての外国である。明日の出発は朝早くなので、今日は早く寝《ね》よう。

次の日は朝早くから出発した。こちらは盗賊などいないので順調に旅は進んだ。一週間もしないうちにダンジョン都市と王都への分かれ道にたどり着いた。

「世話になったな」

「いつか会ったら一緒に依頼《いらい》受けようぜ」

「王都に来たらぜひうちの店に来てくれ」

王都に行く組とダンジョン都市に行く組に分かれるのでそれぞれが別れの挨拶《あいさつ》をしていた。俺達にもポーションを買いに行くだとか店に来てくれとか言ってくれ、こちらは冒険者達に餞別《せんべつ》代わりにポーションをあげたりした。旅をして感じたけど信頼《しんらい》出来る冒険者は大事だから繋《つな》がりを持つためなら安いもんだ。冒険者達も喜んでいたしね。


「お～い、見えてきたぞ！」

王都組と別れてから一週間するとダンジョン都市に到着した。遠くから見えるダンジョン都市は王都の城壁《じょうへき》に匹敵《ひってき》するかのような巨大《きょだい》な壁《かべ》に覆《おお》われていていた。これはダンジョンからモンスターが出てきた時のための対策らしい。この都市ではないらしいがダンジョンからモンスターが溢《あふ》れる事があり、その時に襲われるのはダンジョン都市なので丈夫な壁が出来たらしい。ちなみに都市を覆う壁とは別にダンジョンの入口も丈夫な壁に覆われているらしい。

かなり並んだが手続きを終えて俺達は無事にダンジョン都市に入ることが出来た。

「よしっ！　早速ダンジョンに行こうぜ！」

門を潜《くぐ》り抜け街に入るとクルスくんが皆に言う。しかし、誰も賛成はしなかった。

「バカね、最初は冒険者ギルドに行かなきゃダメでしょ？　その後は商業ギルドに行って泊《と》まるところも探さなきゃ」

一応クルスくん、イリヤちゃんを含む冒険者組は護衛依頼として来ているので、冒険者ギルドに終了《しゅうりょう》の報告をしなければならない。それと宿探しだ。最初は宿を探そうとしたのだが、他の商人と話すうちに家を借りた方が安いのでは？　と思うようになった。ダンジョン都市に詳《くわ》しい商人に聞いてみたが彼らもこの人数なら家を借りた方が良いと言ってくれた。ただ、問題点は借りる家があるかどうかという事だ。着いたときに見たがこの都市はかなり丈夫な外壁《がいへき》に囲まれている。つまり、フレイの町のように簡単には都市を広く出来ないのだ。なので、土地が限られているので空き家が少ないか、あっても家賃が高いのだ。ちなみに売り家は無い。

元々商業ギルドにはポーションを売りに行くのでついでに家の相談もする。借りられそうな家が無ければ宿探しが少し大変そうだ。宿も見つからなければ空いてる土地がないので都市の外での野宿になってしまう。

ダンジョン都市ということで街の入口近くに冒険者ギルドも商業ギルドもあった。おかげで迷うこと無く来られた。クルスくんなんかは屋台での買い食いが出来なくて残念そうだった。確かに小腹が空いてるので俺も少し残念だ。だが、先に泊まるところだ。

商業ギルドのなかはいくつもの受付があり、商談用のテーブル席もあった。ダンジョン都市ということで素材の取引が多いのか王都並みの広さがありそうだ。早速空いている受付に向かう。

「商業ギルドへようこそ。今日はどのようなご用件で？」

対応してくれた人に借りられる家が無いか相談する。こちらは商人組が対応しているため、俺は後ろに控えてる。

「そうですねぇ、今どこも空きが無いんですよねぇ」

やっぱり一緒に来た商人達も言っていたが家を借りるのは難しいみたいだ。だが、俺達には作戦があった。

「そうですか……。そうだ、買取りもお願いしたいんですけど良いですか？」

俺は後ろから持っていたポーション入りの箱を受付に渡した。

「これは……ポーションですか⁉」

予想通りポーションに食いついた！

ポーションのおかげで交渉《こうしょう》は進み、借りるには少し修理が必要だという家を借りることが出来た。おかげでポーションを定期的に卸《おろ》すことになりそうだが今後も家が借りられるかわからないのでしょうがないのかな。それに冒険者組はダンジョンに行きたい人も多いからダンジョン都市に拠点《きょてん》を持つのは良いのかもしれない。


「家は借りられたの？」

商業ギルドの駐車場《ちゅうしゃじょう》に着くとイリヤちゃんから聞かれたので「借りられた」と答える。

商業ギルドの駐車場は広く、俺達の馬車以外にもいくつも馬車が並んでいた。馬車には商人組の他はいつものメンバーしかいない。冒険者組が冒険者ギルドに行っているからだ。

クルスくんも行きたがっていたがさすがに全員行かれたら護衛がいなくなってしまうので
クルスくん、イリヤちゃん、おじいさんには残ってもらった。ダンジョンに行くための手続きはしないといけないので後日一緒に行こう。

今後の予定を皆と相談していると冒険者組がやって来たので、商業ギルドの人の案内で家に向かう。

「思ったよりも綺麗《きれい》だな」

「これなら問題ないんじゃないか？」

道中ギルドの人に話を聞いたが家は建物が古く雨漏《あまも》りやすきま風があるとのこと。庭はあるが馬小屋はない等の話を聞いて皆少し不安になっていたが、昔の孤児院《こじいん》よりは全然綺麗だった。ということで、ここを借りることにした。

「では、正式な契約《けいやく》は明日ギルドでお願いします」

商業ギルドの人に借りることを伝えると明日ギルドで手続きすることになった。建物は今日から使っても良いと言われたがさすがにすぐには泊まれないだろうから庭に泊まって明日から掃除《そうじ》と補修の作業かな。

家を借りたのに野宿をした次の日、朝から皆で家の掃除を始めた。人数の多い人達向けの家のようで小さい部屋がたくさんあるので、まずは使う部屋から掃除していく。掃除は商人組や冒険者組の女の子がやってくれるので冒険者組の男達は家の補修だ。

庭にあった馬車は『アイテムボックス』にしまったので空いてるスペースに木材や石材を積んでいく。冒険者組も何度も家や小屋を作るのを手伝っているので簡単な補修はお手のものだ。


昼過ぎになると一段落したので街にお昼を食べに行った。冒険者の街らしく肉多めのボリュームのあるメニューが多かった。

お昼の後は商人組は商業ギルドへ手続きに、冒険者組はダンジョンに潜《もぐ》るための買い出しだ。

冒険者組は一緒に旅してきた護衛の冒険者達と一緒にダンジョンに行く約束をしたそうで明日出発なのだとか。冒険者達はダンジョンに潜ったことがある人達もいるらしく、色々と教えてもらえることになったみたい。初めての所だからこういうのはありがたいな。クルスくんは羨ましそうにしているけどまた今度ね。

商業ギルドでは問題なく家を借りる契約が出来た。とりあえず一年契約。家賃の方も家が大きいのでそれなりにしたが、修理費をこっちで持つのとポーションの販売契約《はんばいけいやく》のおかげで少しだけ安くなった。

ギルドの帰りは大通りを歩いて何が売っているのか、何が売れそうか調べることに。実際は買い食いみたいなものだけど楽しみながらやるのは良いことだと思う。

商人達や冒険者達から少しは話に聞いていたけれど、この街は結構食料は豊富そうだった。肉串《にくぐし》なんか、値段も大きさもお得そうだし、野菜や果物もそこまで数は多くないが売っている。これはダンジョンの中に森があり、野菜や果物が採れるからだとか。ダンジョンの中には海もあり魚なんかも捕《と》れるらしいがダンジョンなので荷物をあまり持ち運べない問題があり、野菜や果物と比べてあまり市場には出回らないようだ。海があるなら塩も作れそうなのだが、海水を大量に持ち帰るのは難しいし、かといってダンジョンの中で塩を作るのは難しいので塩は安定した価格で売れるのだ。

都市を散策しながら一緒に来た商人の店や教えてもらったお店も探した。一つ見つければそこの人に次のお店を聞き全部で十軒《けん》位のお店を回った。今日は挨拶だけして後日ポーションを売りに行く約束をした。ついでにドワーフのお店も聞けたので場所だけ確認してポーションを売り終わったら皆で行ってみよう。

家に帰ると冒険者組はすでに帰ってきていた。買い出しと言っても大抵の物はあるので保存食を買うくらいだったらしい。保存食も色々と持ってきてはいるのだが、現地の食べ物を食べるのも経験だからね。もし口に合わなければ孤児院から大量に持ってこなければならないし、なんだったら新商品として売り出すチャンスかも。

今回は四日から五日位の予定で五階まで目指すようだ。なぜ五階かというと、ここのダンジョンでは五階ごとに設置された転移装置で入口に帰れるからだ。おじいさんが転移魔《ま》法《ほう》を使えるので忘れがちだが基本的にかなり珍《めずら》しい魔法だ。しかし、なぜか各地のダンジョンには転移装置があり、攻略《こうりやく》の役に立っていた。

その為、このダンジョンでは攻略の目安が五階毎《ごと》になっていて、今回はキリが良いので五階までとなったようだ。

いざという時まで出さないように言ってあるけど魔法の鞄《かばん》にポーションやら保存食やらが入っているので期間が長くなることは心配無いが無事に帰って来てほしい。

次の日、冒険者組は朝早くから出発した。魔法の鞄はあるが、他の冒険者には内緒《ないしょ》のためそれなりの荷物を背負っていた。今回は一階から五階なのでそんなに荷物は気にならないが、階が下になると荷物持ち（ポーター）を雇《やと》うことも考えろと言われたようだ。

残った俺達は商店回りを始めた。前日に顔出しはしていたのでどこも問題なく対応してもらえた。本来は商人が運んだ商品の値段は教えてもらえないのだが、商店を教えてくれた商人と金額が離《はな》れすぎてもお互《たが》いに納得出来ないのでおおよその金額を教えてもらい、その金額を目安に交渉した。

結果的に、一緒に旅した人の店や紹介《しょうかい》してくれた店なのでお互いに損をすることが無い条件で交渉することが出来た。ただ、販売《はんばい》する量は調整した。『アイテムボックス』や魔法の鞄があるので大量に売ることは出来るのだが、その存在は隠《かく》しておきたいし大量に売ると値下がりしちゃうからね。足りなくなったらまた売ればいい。

ポーションや塩以外にも香辛料や保存食なんかを売り、ダンジョン産の素材なんかを買っていると、それだけで一日が終わってしまった。

次の日はドワーフの鍛冶《かじ》師を探しに行く。行くのはいつものメンバーで商人組は街をぶらぶらして掘り出し物が無いか探しに行くようだ。護衛がいないのでちょっと不安だけど一応鍛《きた》えてるし大丈夫《だいじょうぶ》だろう。

早速一軒《けん》目へ。そこはドワーフのお店ではなくドワーフの職人を雇っている店だった。

まずは店内にある商品、武具を見る。さすがにドワーフの作品だけのことはあり、うちで作る物より品質も性能も良い。もちろんお値段のほうも……。

従業員の人に話を通してもらい、竜《りゅう》の鱗《うろこ》を使って武具を作れるか聞いてもらった。

「竜の鱗!? ダメダメ、俺の腕《うで》じゃ、まだ扱《あつか》えねぇよ」

話をしてもらったら、ドワーフの職人さんが直接来て話を聞いてくれたのだが、すぐに断られてしまった。というのも、雇われの職人なので未《いま》だに修行《しゅぎょう》中なのだとか。ドワーフが竜の鱗を使えると言ってもそれはベテランや匠《たくみ》と言われるような人達だけなのだとか。そして、この街にはそのレベルの人はいないと言われてしまった。

その後も同じように雇われている職人や自分のお店を持った職人など、教えてもらったお店を全《すべ》て回ってみたが、どの職人さんにも「出来ない」と言われた。

話を聞いてみたが竜の鱗を扱《あつか》える職人は、やはり竜の鱗が手に入る自分の国を動かないらしい。ダンジョン都市に来ている職人達は修行の為に来てるから、むしろこれから竜の鱗の使い方を覚える立場なんだそうだ。もちろん自分のお店を持てば竜の鱗の使い方を覚えなくも充分《じゅうぶん》にやっていけるので故郷に帰らないドワーフもいるらしい。

そんな話をうちに呑みに来ているドワーフ達から聞いた。お店を訪ねた夜に散策がてら呑みに行っていたおじいさんが、呑み屋で偶然《ぐうぜん》会ったドワーフの職人と意気投合し、ドワーフ仲間を増やしながら呑み歩き、最終的にうちで呑み始めたのだ。こちらとしてもドワーフと縁《えん》を作れるのは良いことだし、ドワーフ達《たち》もうちのお酒や料理を気に入ったようでその後もよく来るようになった。

呑みながらの会話で竜の鱗を加工できそうな職人や彼《かれ》らの師匠《ししょう》のお店を紹介して貰《もら》えたので、おじいさんの呑みニケーション能力の高さに感謝だ。もちろん俺と妹ちゃんはお酒は呑めないので果実水で参加していた。ただ、ドワーフ達はおじいさんと夜通し呑んでいたにもかかわらず朝から元気に働きに行った。その後もドワーフ達がちょくちょく呑みに来るようになったので、ここでもお店を出したほうが良いかもしれないなぁ。

今日はダンジョン都市の中でも人通りの少ない路地裏にやってきた。ここにはとある人物がやっているお店があるのだとか。もちろん情報源はおじいさん経由のドワーフ達からだ。皆に竜の鱗の話をしていたので、俺達が竜の鱗を持っていることは当然ドワーフ達にはバレている。そこで、武器防具ではないが竜の鱗の使い道の一つとして、とあるお店を紹介してくれたのだ。それがこのお店になる。

見た目は古臭《ふるくさ》く、なんとなく錬金術師《れんきんじゅつし》のおばあさんのお店を思い出す。中に入るとそこかしこに怪《あや》しい品物が置いてあり、よく知ってる臭《にお》いがした。

「おや、いらっしゃい」

店の奥《おく》、ちょっとしたカウンターになっているところに人がいて、声を掛《か》けられた。

「こんにちは～！」

最初は錬金術師のおばあさんを思い出したのか、怖がっていた妹ちゃんだったけど、話しかけてくれたのがお姉さんだったので元気に返事をした。しかし、残念ながらこの人はお姉さんではない。今日来たお店はエルフのお店で、ここで数十年はお店をしているからだ。もちろん店主はずっと同じ人。エルフは人より長寿《ちょうじゅ》なのでお店を数十年やっててもおかしくないし、この人は見た目と違って俺達よりもはるかに年上なのだ。

前世の漫画《まんが》やアニメではエルフとドワーフは仲が悪いイメージがあったが、この世界ではそんなことはなかった。まあ、住んでいる所が違うので多少は生活習慣の違いによる好《す》き嫌《きら》いはあるが、種族を嫌うってことはない。むしろ、エルフは調薬や魔法薬や魔道具など、ドワーフは鍛冶や大工仕事が得意と住み分けしているのでお互いに尊重している。獣人族や獣族は狩りが得意で場所によってはエルフやドワーフの使う素材を集める仕事をし

ているとか……。

とまぁ、この世界で初めてのエルフに会ったわけだが、エルフのおばあさんは期待どおりに耳が尖《とが》ってて長かった。

「あらあら、子供達が大勢でどんなご用かしら？」

エルフのおばあさんは落ち着いていて優《やさ》しげな声をしていて雰囲気《ふんいき》が院長先生に似てる気がする。

「あの、ドワーフの人達に聞いたんですが、ここに竜の素材を使った商品があるんですか？」

「ええ、あるわよ？　でも、竜の素材は貴重だからものすごく高いわよ？」

おお、やっぱりあるのか！　なら、錬金術師のおばあさんの時のように交渉出来ないかな？

エルフのおばあさ……お姉さんに竜の素材があるから安く作れないか相談してみた。ちなみにおばあさんと言おうとしたら睨《にら》まれたので皆《みな》怖くてお姉さんと言い始めた。

エルフのお姉さんも竜の素材は欲しかったみたいで鱗二枚で一枚分のポーションを作ってくれる事になった。品物を見せてもらったが、錬金術師のおばあさんが教えてくれたポーションよりも効果が高かった。だが、エルフの技術が必要な為に大量生産は難しいとの事だったが、さすがにこのレベルの物は売るのは難しいので急がなくて良いと伝えた。売れはしないけど冒険者組《ぼうけんしゃ》に渡《わた》しておけば大怪我《おおけが》をしても治る確率が高くなるので人数分は欲しいところだ。それと、エルフのお姉さんにはポーションの他にも何か作れそうな物があれば作ってくれるようにお願いをしておいた。

念のため、誰か竜の素材を使って何かを作れる人はいないか聞いてみたが、この都市にはいないとの事。エルフの国に行けば他の薬やポーションを作れる人がいるかもと言われたので、ドワーフの国だけでなく、エルフの国にも行ってみたくなってきた。

ドワーフの鍛冶師の方は残念だったが、エルフの秘薬を手に入れられそうなので竜の鱗に関してはここでひとまず終わりにしよう。次はエルフのお姉さんとの交渉中、飽《あ》きて暇《ひま》を持て余していたクルスくんのお楽しみの時間になる。途中、屋台でお昼ごはんを済ませ、たどり着いたのは冒険者ギルド。さすがにダンジョンに入るのは冒険者組が帰ってからになるが、登録だけ済ませておこうというわけだ。

他のダンジョンは知らないが、ここのダンジョンはダンジョン都市に登録した冒険者だけが入れる。もちろん登録というのは冒険者登録ではなくダンジョン用の登録だ。まぁ、登録した冒険者が一緒なら俺《おれ》と妹ちゃん、サクヤちゃんみたいな冒険者じゃない子も入れるんだけどね。

ダンジョン用の登録をしたらダンジョン入口近くの冒険者ギルドで入る時に手続きをする。これはギルドがダンジョンのどこに何人位いるか確認《かくにん》するためだ。同じ所に大人数いたらモンスターや資源の取り合いが起きるのでそれを防ぐために確認している。ギルドにも大まかな人数が掲示《けいじ》してあるそうなので確認は忘れないように。

後は冒険者がダンジョンから帰ってこなかった時の対策かな？　さすがに冒険者は自己責任なので誰も助けに来てはくれない。しかし、冒険者ギルドにそれなりのお金を払《はら》うと予定日数を超《こ》えると捜しに来てくれる。主に冒険者と一緒に潜る人達向けのサービスだ。

後は救出の為ではなく原因究明のための目印にも使われる。無理して自分の実力以上の所を探索《たんさく》した、ではなく、適正レベルの所を探索して帰ってこなかったら調べなければならないからだ。自分達の不注意ならともかく、そこにいないはずのモンスターが出たり、モンスターの数が異様に増えたりして帰ってこられなかった、なんて事になってたらダンジョンそのものが危険だからね。

とまぁ、そんな理由で冒険者ギルドに登録に来たのだが、ダンジョン関係の手続きは基本的にダンジョン近くのギルドでしか出来ない。だけど、登録手続きは他の街から来た冒険者がすることなので街の入口のギルドですることになっていた。

さっそくやって来た冒険者ギルドは……まぁ、他の街のギルドとそんなに変わりは無かった。強《し》いて言えばこちらは護衛依頼が多いからか、受付が多く素材等の買取り場所が少ないくらいか？

手続きをするのはクルスくん、イリヤちゃん、おじいさんの三人。俺と妹ちゃん、サクヤちゃんはギルドにある酒場でちょっとした物を摘《つ》まみながら待っている。クイーン達は外で待機だ。

登録と言ってもギルドカードを確認して記録しておくだけなのですぐに終わると思ったのだが、少し時間がかかっているようだ。で、クルスくん達の方を確認したら上半身裸《はだか》の男に話しかけられてる!?

「おうおうおう、まさかお前らみたいな子供と年寄りがダンジョンに行くつもりかぁ!?」

上半身裸で良く見れば髪《かみ》の毛《け》も緑やら青やらグラデーションになっている男がクルスくん達にからんでいた。この世界に来て金髪《きんぱつ》、銀髪《ぎんぱつ》以外にも赤やピンクなどファンタジーっぽい髪の色は見たことあるけど、さすがに何色にも分かれてる人は初めて見た。しかも、大抵《たいてい》の人は丈夫そうな服と防具を身に着けるのに、話しかけた男は上半身裸だ。冒険者としてどうなんだ？　とも思ったが、ある意味こういう冒険者は有名だろう。そう、漫画やアニメで主人公がギルドに行った時に最初にからんでくる冒険者そのものだった。

おじいさんがいるし、ギルドの中だから大丈夫だとは思ったが、クルスくんが何するかわからないので、俺達もクルスくん達の方に向かった。近づいて気付いたが、上半身裸の冒険者？　の近くには仲間らしき人が二人いた。一人は金属ではないが全身にしっかりとした防具を着けて背中に大楯《おおだて》を背負っている、タンクと呼ばれるような防御《ぼうぎょ》に重点を置いた人だろう。もう一人は魔法使《まほうつか》いっぽいローブを着けている人なんだけど、なぜか金属製の手甲脚甲《てっこうあしこう》をつけたアンバランスな人だった。

「なんだ、お前ら！　文句あんのか！」

三人組に絡《から》まれてたクルスくん達の所に着くとクルスくんが喧嘩腰《けんかごし》に怒鳴《どな》っていた。

「あるから声かけたんだろうが！　お前らみたいな子供や年寄りだけでダンジョンなんて危ねぇだろうが！　あぁん⁉」

「そんなのやってみなけりゃわかんないだろ！」

「いきなり行って怪我《けが》でもしたらどうすんだ⁉　あぁん⁉」

……あれ？　クルスくんと怒鳴りあってるけど、良く聞くと普通《ふつう》に心配されてる？？？

さすがに判断がつかないのでギルドの受付のお姉さんの方を見るとクルスくん達の知り合いと判断されたのか三人組の説明をしてくれた。

「彼らはこの都市でもトップクラスのクラン『方舟《はこぶね》』のメンバーでパーティー『全力全開』の三人です。見た目はアレなんですけど新人冒険者がこの街に来たときにダンジョンについて教えてあげていてこちらも助かってるんですよ。ただ、見た目がアレなので揉《も》め事《ごと》も多いんですが……」

おぉう、見た目について二度も言ってるよ。でもそうか、一応心配して話しかけてくれてるのか。でも、冒険者がただでそんなことするのかな？

「もちろん彼らも善意で教えているわけではないですよ？　教えた冒険者が将来有望そうならスカウトしたり、既《すで》にパーティーを組んでたりしたら仲良くしておくんです。ダンジョンは深くなるほど少人数での攻略は難しくなりますからね。優秀《ゆうしゆう》な冒険者の知り合いはいくらいてもいいですから」

なるほど、青田買いとスカウトを兼《か》ね備《そな》えてる感じかな？　一緒に行けば相手の実力もわかるし、新人冒険者が怪我や死亡するリスクも減る。受付のお姉さんが『全力全開』の人達が話しかけても何も言わないのはそのせいかな。

「だいたい、お前ら誰なんだよ！」

「あぁん⁉　俺達か？　俺達は」


「「「全力全開!!!」」」


クルスくん達の声が大きくなってきたので、そっちを見ると自己紹介？　の場面だったのだが、クルスくんに何者かと問われた『全力全開』の皆《みな》さんは声を合わせ、なぜか決めポーズと共に名乗っていた。何やってんだ？　と思ったんだけど、なぜかクルスくん、妹ちゃん、そして、おじいさんまでもがキラキラした目で『全力全開』のポーズを見ていた。

「な、なんだよ！　……かっこいいな」

「あたしもあれやりたい！」

「ふむ、面白《おもしろ》そうじゃな！」

すると三人は集まり、

「「「俺達（あたしたち）（儂達《わし》）」」」

「シリウス孤児院！」「シリウスこじいん！」「シリウス孤児院！」

最初の声はなぜか揃《そろ》っていたが、ポーズの話し合いも何もしていないのでまとまりの無いバラバラなポーズを決めていた。そんなことをしているとギルド中の人達がこちらを見始めていた。恥《は》ずかしいからやめてほしいな……。

対抗《たいこう》意識でも燃やしたのかいつまでたってもポーズを決めたまま動かない二組をなんとかギルド内の酒場に移動させた。受付前でポーズを決めてて受付のお姉さんが迷惑《めいわく》そうな顔をしてたからね。

「改めて、僕《ぼく》達はクラン『方舟』に所属してる『全力全開』だ、よろしく」

話をするのは大楯を持った人、彼がどうやらパーティーリーダーらしい。上半身裸の冒険者は後ろでナイフを舐《な》めていた。いや、なんで⁉　良く見ると舌も紫色《むらさきいろ》してる⁉　「ぺろんぺろん」言いながら舐めてるけど気にしたら負けだ。見ないようにしよう。もう一人の人は腕を組んで目を瞑《つぶ》ってる。……頭が少し揺《ゆ》れてるんだけど寝てないよね？

「それで、話は受付に聞いてたみたいだからわかると思うけど、君達ダンジョン初めてでしょ？　僕達が案内するけどどうする？」

ちょっとびっくり、あんなポーズ決めてる最中もこちらの事を見ていたようで、俺が受付のお姉さんから聞いてる事がバレてたみたいだ。

「もちろん、こっちも下心があるからね。君達まだ若いけどけっこう強いよね？　君達はパーティーを組んでるみたいだから勧誘《かんゆう》は出来ないだろうけど、知り合っておけば後々協力する事もありそうだからね。だから、初めてのダンジョンの案内をさせてくれないかな？」

自分達で下心があるって言うのも怪しい気もするけど、ギルドの受付のお姉さんも同じ事言ってたし、ある意味ギルド公認《こうにん》の案内みたいなものだから頼《たの》もうかな？　本当なら帰ってきた冒険者組に案内を頼もうと思ってたけど、クルスくんやおじいさんはすぐに行きたがるだろうから帰ったらすぐに行こうとするだろう。『全力全開』の皆が案内してくれるなら帰ってきた冒険者組を休ませてあげられるから、この提案は正直有り難《がた》いかも。

それに、妹ちゃん達もあのポーズを見てから彼らの事を気に入っちゃったみたいだし、お願いされたら断れないから案内お願いしようかな。

その後、自己紹介したりいつダンジョンに行くか予定を立てたりした。そして、そのまま買い出しに出た。初めてダンジョンに行く人用にマニュアルでもあるのか、行程がほぼ冒険者組と同じだったので荷物も同じ感じかと思ったらいくつか違う所もあった。

最初はここを拠点にしてる冒険者とたまにダンジョンにやってくる冒険者の違いかな？

なんて思っていたけど、何軒《なんけん》か回ってるうちに、かなり専門的なお店が多い事に気付いた。

路地裏にあるお店が多いから、拠点の有利さはあるものの一つのお店につき買うのは一種類だけとかあるので、時間がかかる。その分品質も良いし、値段も安かったのだが……。


買い物をしているとポーションや薬を買わなかったので、なんでか聞いてみると、彼らも自作しているとの事。あの魔法使い風の人がポーションや傷薬を作っていて、上半身裸の冒険者は毒薬《どくやく》や解毒薬《げどく》なんかを作れるんだとか。毒についての知識はダンジョン都市でもトップクラスらしいので、妹ちゃん用に作っている道具について相談してみたい。

ちなみに彼の髪の色や舌の色がおかしいのは毒薬や解毒薬の実験による副作用らしい。

そのおかげか知らないが、彼の『毒耐性《たいせい》』スキルはかなりのレベルらしい。

そんな風に『全力全開』の皆とダンジョンの準備をしていると、冒険者組がダンジョンから帰ってきた。皆怪我《みなけが》もなく帰ってきたのでひと安心だ。冒険者組を見てクルスくんとおじいさんが待ちきれないようなのでいよいよダンジョンに出発だ。

待ち合わせの時間まではまだあるのだが、クルスくんとおじいさんだけでなく、なぜか『全力全開』の皆の事が気に入った妹ちゃんにお願いされ、待ち合わせ時間よりも早くにダンジョン入口に向かった。まっすぐ行くと早く着きすぎると思ったけれど、朝御飯《あさごはん》は食べたのに屋台でつまみ食いをしながら来たので待ち合わせ時間の少し前に着いた。

しかし、『全力全開』の皆は俺達よりも早く着いていたようで知り合いの冒険者だろうか、周りの人達と話をしていた。

「おっ、皆おはよう！」

リーダーが俺達に気付くと挨拶をしてくれた。……挨拶をするのは良いんだけど、なんでポーズを取るのかな？　ほら、うちの妹ちゃんやクルスくんが真似《まね》してポーズを取りながら挨拶しちゃってるじゃん。

ともあれ、挨拶が済んだのでまずはギルドに向かう。向かうギルドはダンジョン側のギルドだ。そこでダンジョンに行く人数、予定日数、予定階層を伝えておいた。

「あとはあそこで依頼の確認をしておいた方がいい」

リーダーに言われ、壁に張ってある依頼表を皆で見に行った。そこにあるのは他《ほか》のギルドにもあるような狩《か》りや採取の依頼だった。ただ、出てくる魔物《まもの》や採れる植物等は階層によって決まっているので見やすくなっている。俺達が向かう一階から五階は最初の階ということで、常設依頼しかなかった。まぁ、持ってくれば持ってきただけお金になるので新人冒険者にはありがたいだろう。

「これからダンジョンに行くときは見る癖《くせ》をつけといた方がいいよ。じゃあ、そろそろ行こうか」

全体を見渡《みわた》した頃《ころ》リーダーから出発しようと言ってきたので、皆で外へ。ダンジョンに行くため門へ進むと、門の脇《わき》の人が多く集まっている所で立ち止まった。

「前にも話したが、ここでポーターを雇うんだ」

ポーター、いわゆる荷運びする人だ。ダンジョンではモンスターが多く出るので常に戦《せん》闘《とう》態勢にいなければいけない。そんなとき、荷物を持っていたら戦えないので専門のポーターを雇うのだ。それにダンジョンは資源の宝庫なので手に入れた素材やモンスターの素材を持ち帰る時にも役立つ。

ポーターはその多くは孤児《こじ》の子供が多く、雇う料金も安い。浅い階層では子供で充分だし、子供達の大事な収入源らしい。

ちなみに深い階層では引退した冒険者や新人を過ぎた冒険者にポーターをやらせるのが主流のようだ。

今回頼むのは『全力全開』の知り合いの子達だ。俺達のようにまだ五階の転送装置に登録していない子を中心に選んだようだ。

本当なら『アイテムボックス』や魔法の鞄があるのでポーターは必要ないのだが、孤児の仕事というのならこれからもちょくちょく頼むのもありかもしれない。


雇った子達にまとめておいた荷物を渡し、いよいよ街を出る。こちらの門はダンジョン専用になっているので門番の人からの確認作業等はない。しかし、門を出ても街を囲む城《じょう》壁《へき》と同じ位大きくて丈夫《じょうぶ》そうな壁《かべ》に挟《はさ》まれた道を歩くことになった。

そして、向かう先のダンジョンも同じく城壁に囲まれていた。こちらの城壁は守るためにあるのではなくダンジョンからモンスターが外に出ないように作られたものだった。

ここのダンジョンではまだ無いそうなのだが、一部のダンジョンではモンスターがダンジョンの外に溢《あふ》れ出す『スタンピード』という現象が起こることがある。その溢れたモンスターが街を襲《おそ》わないようにダンジョンを囲っている。ただ、ここのダンジョンは冒険者も多く、モンスターも定期的に倒《たお》しているので今のところ安心だろうと言われていた。

そして、ダンジョンの門も無事に通過していよいよダンジョンに突入《とつにゅう》である！

ダンジョンの入口は祠《ほこら》というか遺跡《いせき》というか古い建物だった。ただ、入口は大きく馬車でも通れそうだ。中に入ると地下へ降りる階段が一つだけあった。どうやら、あれがダンジョンの入口のようだ。しかし、入口は一つしかないのでそれなりの人数の冒険者が並んでいた。

「俺達はこっちだ」

良く見ると並んでいる列は二つあり、リーダーに言われた方に並んだ。こちらは一階に行く人の列らしく、ゆっくりとだが進んでいっていた。

もう一つの列は転移装置への列らしく進んだり止まったりを繰《く》り返していた。

「君達、あれが転移装置だよ。帰りはあれを使って帰るからね」

ダンジョン入口の階段を降り、通路を歩いて最初の部屋に通りかかったところ、リーダーが転移装置を教えてくれた。そこは少し広めの部屋に真ん中辺りに少し段差があるだけの部屋だった。なんでもあの段差が転移装置らしく、床《ゆか》に魔法陣《まほうじん》が書いてあるとか。そこに魔核《コア》を置くと転移するらしい。転移先は使った魔核《コア》で決まるらしいので、ダンジョン探索するときは常に各階の魔核《コア》をいくつか持っておけと言われた。

そんな話をしていると魔法陣の近くに人が急に現れた。

「ちょうどいい、見てみな、あれが帰ってきた人達だよ」

それを見ていたリーダーがどこかの階層から帰ってきた冒険者だと教えてくれた。

「帰りはあんな風にこの部屋のどこかに出てくるんだ」

どうやらこの転移装置は魔法陣から魔法陣ではなく、魔法陣から魔法陣のある部屋に転移するようだ。確かに魔法陣に転移するなら向こう側が空いてないと使えないし、不便だろう。魔法陣から送り出すだけなら並ぶ時間も少なくて済む。


いつまでも立ち止まって見ていられないので先に進むと次の部屋ではたくさんの冒険者が解体作業をしていた。なんでも、物を数時間置いておくとダンジョンに吸収されるという謎《なぞ》機能？　を利用してここで解体をしているらしい。ここのおかげでダンジョンで狩れたモンスターの解体が便利になったとか。いらない血や内臓が自然に消えるなら掃除も楽だろうしね。臭いも風が流れているのか時間が立てば消えるらしい。

そして、解体部屋を越えるといよいよダンジョンだ。

「それじゃあ、予定どおり三階に行こうか」

せっかく初めてのダンジョンに来たのだが、ゆっくりと探索はせずに空いているであろう三階に向かう。これは俺達がある程度戦える実力があり、『全力全開』の皆がいるから出来るのであって、俺達が完全初心者、冒険者に成り立てだったら混んでても一階で探索をすると言っていた。

一階は入口の建物と同じように遺跡風というか石のブロックを積んで出来た道だった。道は数人並べる程度の広さしかなく戦闘は気を付けなければいけない。槍《やり》なんかは狭《せま》くて使えないだろう。というか、クイーン達にとっても狭いので今回従魔《じゅうま》達は転移装置の登録のためについてきているだけだった。今回イリヤちゃんはダンジョンが狭いために弓を使えないのでミュウを抱《だ》っこし、ぴーちゃんを肩《かた》に乗せて行動してもらってる。ミュウなら自分で走る広さはあるのだが、この階層に出るモンスターがウサギなので間《ま》違《ちが》えて攻撃《こうげき》されないようにするためだ。

ちなみにこの階層に出るモンスターはキラーラビット、ウッドゴーレム、ビッグバットの三種類。キラーラビットは前歯の大きなウサギ、ウッドゴーレムは通称《つうしょう》パペットと呼ばれる子供サイズの木人形、ビッグバットは大きなコウモリとそこまで強くはない。

しかし、ウサギは肉、木人形は薪《まき》、コウモリは皮膜《ひまく》が布代わりと利用出来るため、新人冒険者の稼《かせ》ぎに役立っていた。

そんな事を考えてると向こうからキラーラビットがやってきた。

やってきたキラーラビットは丸々太ったウサギだった。走る速さもそんなに速くはないので新人には良い相手だろう。

「いつもなら良い練習相手なんだけど、早く三階に行きたいから倒しちゃうね」

前にいたリーダーが言うと、盾《たて》を構えて走ってきたウサギに盾をぶつけた。それだけでウサギは死んでしまった。体当たりした方がダメージ貰うって怖《こわ》いけど、きっとそれも盾使いの技術なんだろう。

情報通り一階二階は人が多く滅多《めった》にモンスターには会わなかったけれど、それでも出てきたモンスターは『全力全開』の皆さんが一撃《いちげき》で倒していた。ウッドゴーレムは魔術師《まじゅつし》風の人が蹴《け》りで胴《どう》を真っ二つにし、ビッグバットは上半身裸の人が投げナイフで一撃だった。

普通に探索するなら一日近くかかるらしいのだが、浅い階層は既に地図が出来上がっていて冒険者ギルドに飾《かざ》られているので誰《だれ》でも見ることが出来る。一応俺達も地図を書き写していたが『全力全開』の皆は道を覚えているようでサクサク進み、あっという間に三階にたどり着いた。

「まだ時間はあるけど探索は明日からにしよう」

　三階に着いてクルスくんやおじいさんが「いよいよか！」と張りきっていたけど、それでも昼を過ぎていたので今日の探索は終わってしまった。そして、向かったのは安全地帯と呼ばれる場所。そこはモンスターが出てこない、入ってこない場所で冒険者は安全に休《きゅう》憩《けい》出来る。この遺跡風の階層では一部屋が丸ごと安全地帯になっている。俺達はいくつかある部屋のうちの一つに入った。運良く誰もいなかったのでゆっくり出来そうだ。ちなみに安全地帯の見極《みきわ》め方《かた》は水場があるということらしい。当然ここにも公園にある水飲み場のような物があり、水がチョロチョロと出ていた。その為《ため》ダンジョンの中で水は補《ほ》充《じゅう》出来るけどここのように一階にいくつもある所もあれば、一階に安全地帯が一ヶ所しかない所もあるらしいので、やっぱり水の確保はしっかりしておきたい。


　お昼はお弁当を食べたので作る必要は無かったが、夜は作る事になっている。ちなみにポーター達のお昼は『全力全開』が用意してくれていた。テント等の野営の準備も無いので皆で食事の準備をする。基本的に水も薪も肉もあるので肉串とスープをいつも通りシャルちゃん特製スープの素で作ろうとしたのだが、『全力全開』のリーダーが作ってくれる事になった。なんとリーダーは『料理』スキル持ちらしく、ポーター達に炊《た》き出しをしたりする事もあるようなのだが、かなり評判との事。それこそ店を出さないかと誘《さそ》われた事もあるとか……。これは楽しみである。

しかし、『全力全開』の二人は『料理』スキルに『調薬』スキルと皆スキルを持っているので冒険者《ぼうけんしゃ》を辞《や》めてもやっていけそうである。まぁ『調薬』と言っても、回復薬と毒薬と正反対の薬を作るのに同じ『調薬』スキルなのは納得《なっとく》いかないけれど。

浅い階層とはいえダンジョンなのであまり荷物を持ってきていないので料理はすぐに終わった。人数が多いのでお互いが持ってきた鍋《なべ》二つになっていたが、どちらもいい匂《にお》いをさせている。皆もダンジョン探索が出来なくてガッカリした事も忘れてスープに夢中だ！

結果として食事は大満足だった。塩とウサギ肉の出汁《だし》位しか無かったのだがバランスが絶妙《ぜつみょう》だった。シャルちゃん特製スープの素や竜の森産のスパイスを渡したらどれだけの料理が作れるのか、今度お願いしてみよう。

リーダーの食事に満足した後は交代で見張りをしながら寝《ね》た。いくら安全地帯とはいっても何かが原因でモンスターが来るかもしれないし、ここには盗賊《とうぞく》はいないが冒険者に襲われる可能性もある。冒険中はいくら警戒《けいかい》してもし過ぎということはないのだ。

「じゃあ、まずはモンスターと戦うところからやってみようか！　君達の実力なら問題ないと思うけどね」

次の日の朝、美味《おい》しい朝御飯を食べていよいよダンジョン本番である。穴場というか、人があまり来ないというのは本当みたいで昨日に比べて多くのモンスターが見える。少し歩けば次々にモンスターがやって来るが相手のレベルが低いのとこちらのレベルが高いこともあり、危なげなく倒していけた。探知系のスキルを使って人がいないことを確認したうえでイリヤちゃんやミュウ達従魔も戦闘に参加した。モンスターの数が思ったより多かったのでポーターの子達にもついでに戦闘訓練をおじいさんがしてあげていた。彼らもレベルが上がれば安全に仕事が出来るだろうから頑張《がんば》って欲《ほ》しい。

剣《けん》やナイフの近接攻撃、投げナイフや弓等の遠距離《えんきより》攻撃、魔法攻撃と練習と確認の為に色々試《ため》してみたが相手が弱すぎるので全て一撃で終わってしまった。素材を残すために、手加減をするのが難しいほどだった。

「うん、戦闘技術は問題ないね。なら次は罠《わな》について確認しようか」

これまでの探索で罠らしい物に遭遇《そうぐう》しなかったが、それは『全力全開』の斥候《せっこう》担当の上半身裸の彼が罠の無い道を選んだり解除していたからだそうだ。なのでこれからは罠のある道を行くので見つけてみろと言われたので皆で挑戦《ちょうせん》することに。

しかし、うちのメンバーは予想以上に探査能力が優《すぐ》れているようで次々に罠を見つけていった。もちろん浅い階層なのでわかりやすい罠だという話は聞いている。しかし、獣族、獣人族の五感、従魔達のモンスターとしての五感や本能は予想以上に危険察知能力が高いらしい。後で『全力全開』の皆に聞いたところ、他のパーティーでも獣族や獣人族がいる所は罠を避《さ》けやすいと教えて貰った。

皆が罠を簡単に見つけてしまい誰も罠を作動させなかったので、実際に動かしてみようということになった。まだこの階層の罠はそんなに種類は無いがどういった罠があるのか知っておくことは大切なことだ。ということで罠を作動させる役はクルスくんにお願いした。これまた浅い階層なのでよっぽど当たり所が悪くなければ怪我をすることは無いらしいので出来ることだが、このダンジョン親切すぎないか？　だが、どこのダンジョンも同じような構造らしいのでよりダンジョンの謎が深まっていく気がする。

クルスくんが挑戦する罠は三種類。床や壁に糸が張ってあるのを切ったら作動する罠、床や壁に偽装《ぎそう》されたスイッチを押《お》すと作動する罠、最後も床や壁に隠《かく》されている魔法陣を踏《ふ》んだり触ったりすると作動する罠だ。まあ、ダンジョンの中なので床や壁に罠があるのは当たり前なんだけど深くなると魔法陣なんかは空間に設置してあるそうなので見つけるのが難しいだろう。

ということで早速《さっそく》挑戦。クルスくん達が見つけるのが上手《うま》いと言ったが、まだこの階層は糸も太いしスイッチも微妙《びみょう》に周りと色が違《ちが》ったりするので俺でも見つけやすかったりする。そして、この罠が作動すると、落石や毒矢が飛んできたり、毒ガスが出たり落とし穴が開いたりするらしい。が、ここら辺では小石や木の棒が飛んできたり、穴ではなく段差が出来る程度だった。だが、毒ガスはクルスくんだけでなく妹ちゃんやクイーン達にとって、最悪な罠だった。浅い階層で毒ガス代わりに吹《ふ》き出したのは……臭いガスだった。刺《し》激臭《げきしゅう》なのかな？　俺やサクヤちゃん、おじいさんや『全力全開』の皆は「臭っ！」って思うだけなのだが、鼻の良い彼らが嗅《か》ぐと大変なことになった。クルスくんなんかは床を転がって泣いていたほどだ。そのおかげかどうかはわからないが、罠を警戒するのが真剣《しんけん》になったのは良いことだろう。

残りの魔法陣では地水火風の魔法《まほう》がどこからともなく放たれる物だった。規模が小さくほとんど感じないほどだったが、下に行くほど大きな魔法になるらしいのでこちらも注意が必要だろう。

今回作動させた罠だけど、一度作動したり解除したり壊《こわ》したりした罠は消えて別の場所に新しく出来るらしいので、常に一定の罠が存在しているダンジョン探索では罠対策も大事になるだろう。

三階で活動して二日ほど経《た》つと慣れというか飽きてきてしまった。主に妹ちゃん、クルスくん、おじいさんの三人が。実際俺達のレベルだと次に進んでも問題ないとリーダーにも言われていたので、卒業試験というわけではないが、俺達が中心となって五階まで行く事になった。

そして、モンスターを倒し、罠を回避《かいひ》し、安全地帯で休憩をしつつ夕方には五階最後の部屋、ボスの間までやってきた。ボスというのは階層ボスと言われる存在でそこまでの階層に出現したモンスターが複数で出たり、進化したモンスターが出たりするらしい。このボスを倒すと転移装置が使える広間に行けて、六階にも行けるようになる。

ここのボスとも十分に戦えると『全力全開』からお墨付《すみつ》きを貰《もら》えていたので早速挑戦する事に。

出てきた相手はキラーラビット、ウッドゴーレム、ビッグバットが三体ずつ。こちらの人数が多いから強さではなく数が多いボスが出たんだろう。しかし、ボスの間はそれなりに広く、他の冒険者がやってこないようにドアも閉められていたので従魔達も戦う事が出来、あっという間にボスを討伐《とうばつ》してしまった。


「次の階も少し見ていく？」

階層ボス、というかモンスターの素材を回収し、階段を降りて五階と六階の間にある転移装置のある部屋に着いた時にリーダーからそんな事を言われた。そんなに疲《つか》れていないし、時間もまだあったので答えは当然「はい」だ。

下の階を見に行くので転移装置の部屋を出て階段を降りていった。そして、たどり着いた場所は洞窟《どうくつ》風の通路だった。

「ここは坑道《こうどう》になってて、本来は壊れないはずのダンジョンの壁が掘《ほ》れるんだ。採掘《さいくつ》出来るのはほとんどが鉄なんだけどたまに魔鉄も取れるんで新人冒険者がお金稼ぎと武器防具の新調の為に頑張ってるところだね」

なるほど、どうりで遠くからカンカン岩を掘る音が鳴り響《ひび》いてるわけだ。一階から五階でダンジョンに慣れて、次の階層では武器防具の素材が取れる。ホントにダンジョンって何なんだろう？

俺達も『アイテムボックス』には道具が入っているが、その事は内緒《ないしょ》なので採掘する事もなく再び転移装置の部屋に戻《もど》りダンジョンを脱出《だっしゅつ》する事にした。

転移装置の部屋には何人か人がいるが魔法陣を使おうとはしていなかった。

「彼《かれ》らはここで休んでるんだね、ここも安全地帯だからね」

なるほど、確かに移動の最中に襲われたら大変だから安全地帯なのは納得できた。水は無いけれど地上にはすぐ帰れるから特に問題はないんだろう。

特に並んでる人もいないので早速《さっそく》使わせて貰おう。魔法陣はそれなりの大きさをしているが、今回は使い方を皆が見られるように半分ずつ分かれて使うことになった。好奇心旺《こうきしんおう》盛《せい》な妹ちゃん、クルスくん、おじいさんの三人は先に行きたいと言ったのだが、サクヤちゃんが後で良いと言った為に泣く泣くおじいさんは後半出発となった。

前半組が出発し、俺達後半組となった。魔核《コア》を使う役目はおじいさんに。だって、やりたそうにこっちを見てるんだもん、やりづらい。だが、作業は呆気《あっけ》なく終了《しゅうりょう》。魔法陣の中央にある窪《くぼ》みに今までに取った魔核《コア》を一つ入れると魔法陣が光りだし、少しの浮遊《ふゆう》感を感じた次の瞬間《しゅんかん》、どこかの部屋の角にいた。おそらくここが最初に見た部屋なんだろう。見覚えのある列もあるしね。

前半組も無事に転移出来たようで合流しダンジョンの外へ。少し寄り道したので日は傾《かたむ》いているけど、数日ぶりの日の光は眩《まぶ》しいなぁ。

ダンジョンの城壁を出て壁に挟まれた通路を通り、また門を潜《くぐ》るとダンジョン都市に到着《とうちゃく》である。長いようで短かったダンジョン探索もこれで終了である。ポーターの子達《たち》に料金を支払《しはら》いお別れをする。料金は現金でも良いし、ダンジョンで取れた物の現物支給でも良いようなので、支払いに魔核《コア》を渡《わた》し、おまけでお肉も付けてあげたらすごく喜んでくれた。

そして、お世話になった『全力全開』の皆さんともここでお別れだ。

「簡単ではあったけどダンジョンの感覚は掴《つか》めたと思う。でも、いきなり進まず自分達だけで一階から始めた方がいい。気を付けるんだよ」

「はい、ありがとうございました」

「兄ちゃん達、ありがとな！」

「ありがと！」

俺《おれ》達はお礼を言うが、さすがにこれだけしてもらって無料というのも後味が悪いので、竜《りゅう》の森産の香辛料《こうしんりょう》、薬草類、毒草類をそれぞれにプレゼントした。三人は喜んでくれたので、気に入ったら新しいお客さんになってくれるだろう。

そうして、ポーター、『全力全開』の皆と別れ、家に帰るのでした。


「おっ、ようやく帰ってきたか」

「お帰り、怪我はしてない？」

「ダンジョンは楽しかったか？」

ダンジョンから帰ると冒険者《ぼうけんしゃ》組、商人組の皆が俺達を出迎《でむか》えてくれた。おじいさんも付いてるしレベルもこちらが上だけれど、何歳《なんさい》になっても俺達は妹、弟なので心配してくれるのがちょっと嬉《うれ》しかったりする。

その日は冒険者組とダンジョンについて色々と話してるうちに一日が終わってしまった。

次の日はダンジョンに潜ったばかりなので身体を休めろと言われている。前から冒険活動の次の日は休みにしているので問題は無いのだが、ダンジョンに行かなくてもやりたいことが色々あって困ってしまう。

ダンジョンに潜った事で気付いた商品を商人組と相談したり、エルフの錬金術師《れんきんじゅつし》のお姉さんとポーションについての相談。『全力全開』の皆とは別れたのだが俺達がお礼に上げた物が余程《よほど》気に入ったのか次の日には新しいのを買いに来ていたので利用法等を話し合ったりもした。

俺以外のメンバーも『全力全開』の紹介《しょうかい》で知ったポーターの子達の所によく遊びに行っていた。彼らも孤児《こじ》が多く、孤児院のような所に住んでいるのではなく、路上生活をしていた。なので炊き出しや戦闘訓練なんかをして時間を潰《つぶ》していたようだ。

そんな風にダンジョン都市を満喫《まんきつ》していたのだがいつまでもここに居続けるわけにはいかない。将来的にはここで過ごすのもありかもしれないが、今はまだ早すぎる。そろそろ帰らなくてはいけないのだ。

ということで帰り支度《じたく》を始めていたのだが、ここでも知り合いになった商人達から一緒《いっしょ》に竜の森、フレイの町に行かないかと誘いを受けた。盗賊を退治できたのでもう心配はいらないと思ったのだが、別の盗賊が出るかもしれないし、モンスターに襲われる事もあるのでやっぱり商人同士で集まって行くのが良いと言われたので、一緒に帰る事になった。
当然一緒に帰るのは行きと同じ商人さんやその知り合いである。見知らぬ商人は不安があるのであまり組まないそうだ。

そして、出発は二日後になった。ちょうどいいタイミングで一緒になれたなぁって思っていたけど、実は俺達が帰るのを待っていたらしい。もちろん待っていた理由はうちの従魔達。やっぱり従魔達の探知能力は凄《すご》いらしく安心感が違うらしい。その為《ため》俺達からおよその計画を聞いていたので一緒に帰ろうとしていたようだ。
帰る予定が決まったのならばそれに合わせて色々とやらなければいけないだろう。エルフの錬金術師の所に商人組を紹介してこれからの事について相談したり、冒険者組にポーターの子供達を気にするようにお願いした。後はダンジョンで魔鉄掘りも頼んでおいた。もちろん持って帰る分の魔鉄は購入《こうにゅう》済みである。安かったので鉄もそれなりの量を購入した。

商人組や冒険者組に色々とお願いした事でわかると思うが今回帰るのは俺達だけだ。商人組、冒険者組にはこの拠点《きょてん》を管理してもらう。また来たときにこんな家が借りられるかもわからないし、契約《けいやく》も長期契約にしちゃったからね。その為、俺とおじいさんで建物を色々と改造しておいた。

おじいさんには建物の周りに結界や罠を仕掛《しか》けてもらい、俺は家全体と各部屋の空間を大きくしていった。建物の大きさや部屋の数には限りがあるから今のうちに広くしておこう。

それから、倉庫に高性能の魔法の鞄《かばん》を設置しておいた。盗《ぬす》まれないように建物に固定して作ったので鞄というのはおかしいのだけど、空間拡張してあるのは鞄と言うらしい。そして、この鞄というか箱は拡張はもちろん、『重量軽減』や『時間停止』も付けてなま物を入れても大丈夫《だいじょうぶ》なようにしておいた。中には肉や魚に野菜に小麦、予備の武器やポーション各種に薬各種、日用雑貨なんかも入れておいた。お金も入れておいたので下手したらこれだけで一年は持つかもしれない。

商人として活動するのでステップホース達にも残ってもらう。なので、厩舎《きゆうしや》にも同じような魔法の鞄を設置しておいた。中身はステップホース達のエサなので自分達で好きなときに好きなだけ食べられるようにしておいた。

あっという間に二日が過ぎて出発の日、商人組、冒険者組だけでなく『全力全開』の皆《みな》も見送りに来てくれた。彼らは見送りもあったが次回来るとき用に注文表を持ってきていたので次来るときはちゃんと持ってきてあげよう。

来るときとは半分程メンバーが変わった商隊で帰路に着く。半分は知っている人達だし、残りの半分も知り合いの知り合いだ。仲良く、というのはおかしいが一緒に旅をするのに問題ない程度には話をするようになった。

行きは盗賊を警戒して慎重《しんちょう》に来たが、その盗賊団は捕《つか》まり、それ以降盗賊が出たという話は聞いていないのでいつも通りの警戒《けいかい》度で進んだ。そのおかげか前よりも速いペースで進んでいるみたいだ。

護衛の冒険者《ぼうけんしゃ》達もダンジョン都市にいたおかげでダンジョンの話で盛り上がっていた。護衛をするほどなのでほとんどがクルスくん、イリヤちゃんよりもランクが上の為、色々とダンジョンについて聞けたみたい。代わりにおじいさんが稽古《けいこ》をつけてあげたりしていた。何だかんだでこの商隊で一番ランクが高いのはおじいさんだったりするので、おじいさんの稽古は人気だ。

そして、懐《なつ》かしの国境の川へとやってきた。行きと帰りで船に乗る人を変えよう、なんて話もしていたが、商人組と冒険者組がダンジョン都市に残ったので全員で橋を渡ることに。橋の上から見る景色も皆気に入ったみたいなので次来るときはどっちにするか迷っていた。

国境都市を含《ふく》め、いくつかの場所でポーションや万能薬《ばんのうやく》、塩など追加注文を受けることが出来た。他の商人達も注文を受けていたので彼らの注文を奪《うば》わない程度には商売をしようと思う。そして、旅は順調に進み、行きよりも数日速く俺達はフレイの町に帰ってきた。

久しぶりに帰ってきた孤児院だったけど、最初、孤児院の皆に凄く心配された。なぜなら帰ってきたのが俺達だけで商人組、冒険者組がいなかったからだ。そして、俺達が商隊を組んで出発した理由、盗賊のことも知っていたので彼らが盗賊に何かされたのかと思ったらしい。慌《あわ》てた俺達は院長先生やシャルちゃん達にしっかり説明し納得してもらえた。

その後はお土産《みやげ》代わりのダンジョン産の素材を生産組の皆に渡していった。子供達へのお土産にはクルスくんや妹ちゃんがオーバーアクション付きでダンジョンのことを話しているので大丈夫だろう。

旅の疲れが取れた頃院長先生や商人組と今後について相談した。ダンジョン都市までの道のりでそれなりの売り上げが有りそうでダンジョン都市でもポーション等の売れ行きがよかったこと。ダンジョン都市に家を借りたので向こうで商売をするのも、ダンジョンで冒険をするのも可能なことだ。

働ける人が増えたとは言え孤児院のメンバーだけでは人が足りないだろうから王都の獣人街の人達に力を貸してもらうのも手だろう。あそこの人達も仕事に困っていたし、ダンジョン都市ではこの国ほど差別は酷《ひど》くないので過ごしやすいと思う。

ということで伝書鳩《でんしょばと》ならぬ伝書ぴーちゃんを使い、連絡《れんらく》を取ると二つ返事で手を貸してもらえることになった。商人達との話し合いでダンジョン都市にはまた一週間後位に行くことになっているのでその時に合流することで話はまとまった。

その間にポーションやら万能薬やらを補充しておく。生産組が山のように作ってくれていたのだが、材料とか大丈夫なのかな？　えっ!?　冒険者組が使いきれない位採ってくる？　なら魔法の鞄もあるしたくさん作っておいてもらおうかな。

今回ステップホース達を置いてきてしまったので、またおじいさんにお願いして馬達も新しく捕まえてきた。これから商売を始めるなら馬車も必要になるだろうし木工組にも頼んで馬車を増やしておいてもらおう。

そして、ダンジョン都市への出発の日を迎《むか》えた。クルスくん、妹ちゃん達はダンジョンが楽しかったのか張り切っている。さすがにダンジョン都市にずっといるわけにはいかないが、商品の仕入れの為に何度も行くのでそれなりにダンジョン攻略《こうりゃく》は進むだろう。それにドワーフの国にも行かないといけないし、エルフのいる所にも行ってみたい。まだ冒険者にもなってないのに大冒険が続くなぁ……。

あとがき

皆様お久し振りでございます、安藤正樹です。

この度は『孤児院テイマー』4巻をお買い上げいただき、どうもありがとうございました！　前作の発売から一年以上経ってしまい、申し訳ありませんでした！　世間ではコロナが猛威を振るい、見事に本業の方が影響を受け、ここまで遅くなってしまいました……。何度も挫けそうになりましたが、ファンになってくれた子供達からの「まだ発売しないの⁉」というプレッシャーのような応援でなんとか発売まで漕ぎ着けることが出来ました。読者の皆さんに楽しんでいただけたら幸いです。

今回コロナの影響でゴタゴタした中で良いこともありました。専門学校時代の友人と久しぶりに会えたことです。会えたと言ってもその友人の試合を見ただけなんですが、かなり懐かしかったです。ちなみに彼はプロレスラー。その後、連絡を取り合い、出演交渉をして作品に出てもらいました（笑）。そう、ダンジョン都市にいた、あの三人組です。以前からプロレスラーは冒険者っぽいと思っていたのですが、出してみたら大正解でした。

ただ、その友人が組んでたチームを作品に出したのですが、まさかの発売前に『電・撃・解・散』！　これからも出てもらうつもりだったのに予想外の展開に！　まぁ、友人からはパラレルワールド的にこれからも出して良いと言われたので、彼らには作品の中で頑張ってもらいます！

最後になりますが、イシバシヨウスケ様、いつまでも原稿が出来上がらずご迷惑をお掛けしながらも、すばらしいイラストをどうもありがとうございました。

そしてプロレスリング・ノア様、大原はじめ様、ＹＯ－ＨＥＹ様、吉岡世起様、友情出演ありがとうございました。

校正者様、印刷所様、担当様並びに編集部様、コミックファイア編集部様をはじめホビージャパンの皆々様、この本の出版に関わってくれた全ての皆様にも感謝を。

皆様の応援と作者の執筆スピード次第ではありますが五巻が出るのを期待して、しばしのお別れを。待っててね！

小説第②巻は2021年9月発売！
少年マガジン公式アプリ
「マガポケ」にて
2021年5月25日(火)より
コミカライズ連載スタート!!
作画：大前 貴史
原作：明鏡シスイ キャラクター原案：tef

信じていた仲間達にダンジョン奥地で殺されかけたが
ギフト『無限ガチャ』で
レベル9999の仲間達を手に入れて
元パーティーメンバーと世界に復讐&
『ざまぁ!』します!
「小説家になろう」
四半期総合ランキング
第1位
(2020年7月9日時点)
レベル9999で
圧倒的無双!!!!!!
明鏡シスイ
イラスト/tef

Anytime I can!
いつでも自宅に帰れる俺は、異世界で行商人《ぎょうしょうにん》をはじめました
霜月緋色 著
Hiiro shimotsuki
ill. いわさきたかし
①～④巻 好評発売中!
⑤巻 今秋発売予定!

「小説家になろう」
四半期
第1位
異世界転生・転移
ファンタジー部門
（2019年8月19日時点）
いつでも自宅に帰れる俺は、異世界で行商人をはじめました
VOL.1
漫画 明地雫
原作 霜月緋色
コミック単行本
第①巻 好評販売中!!
漫画：明地雫
原作：霜月緋色
キャラクター原案：いわさきたかし

どうにか病を乗り越え、屋台に復帰したアスタ。
そんな彼を待っていたのは雨季だけに
栽培される新たな食材たちだった。
一つ一つ吟味しながら、アスタは皆と
美味なる食事を作り上げていく。
Author EDA
Illust. こちも
異世界料理道
VOLUME 26
Cooking with wild game.

そして、アイ＝ファの生誕の日に向けて、
準備を進めていき――
雨続きでも楽しいことがいっぱいな第26巻!!
2021年秋発売予定!

HJ NOVELS
HJN40-04

孤児院テイマー 4

2021年7月19日　初版発行

著者——安藤正樹

発行者—松下大介
発行所—株式会社ホビージャパン
〒151-0053
東京都渋谷区代々木2-15-8
電話　03(5304)7604（編集）
03(5304)9112（営業）

印刷所——大日本印刷株式会社

装丁——AFTERGLOW／株式会社エストール

Printed in Japan

ISBN978-4-7986-2296-5　C0076